새 삶의
인생길

새 삶의 인생길

1판 1쇄 발행 | 2019년 2월 20일

지은이 | 홍규섭
발행인 | 이선우
펴낸곳 | 도서출판 선우미디어
　　　　등록 | 1997. 8. 7 제305-2014-000020
　　　　02643 서울시 동대문구 장한로12길 40, 101동 203호
　　　　☎ 2272-3351, 3352 팩스: 2272-5540
　　　　sunwoome@hanmail.net
　　　　Printed in Korea ⓒ 2019. 홍규섭

값 13,000원

※ 이 도서의 국립중앙도서관 출판예정도서목록(CIP)은 서지정보유통지원시스템
　홈페이지(http://seoji.nl.go.kr)와 국가자료공동목록시스템(http://www.nl.go.kr/kolisnet)에서 이용하실 수
　있습니다.(CIP제어번호: CIP2019004907)

ISBN 978-89-5658-602-1 03810

새 삶의 인생길

홍규섭 시 & 단상

선우미디어

서문

독자 여러분 안녕하십니까?

저는 젊은 시절부터 오래도록 어떻게 하면 인류 사회의 악을 줄이고 평화에 이바지할 수 있을까 생각해 왔습니다. 우리가 사는 세상은 모든 수단과 방법을 동원해서라도 사회악을 줄이지 않고서는 세계 평화를 이뤄 낼 수 없다고 생각하여, 오랜 연구와 고심 끝에 ≪새로운 세상을 여는 인간의 진리≫ 제1권 이론(2012), 제2권 법률(2014), 제3권 예산조달(2015)로 구분해 총 3권의 책을 출간했습니다.

이 세상 수많은 생명들은 자연이 마련해 준 곳을 찾아다니며 삶을 살아갑니다. 초식 동물 중 아프리카의 누 떼, 얼룩말, 산양 등 수십 종들이 현재 살고 있는 곳에서 한발로 인한 기근에 도저히 견딜 수 없어 물과 풀이 풍성한 수십만 킬로가 되는 머나먼 곳으로 떠나고 있습니다. 새로운 곳을 찾아가는 과정에 큰 강을 건너는 도중 악어에게 잡혀 먹히기도 하고, 강 언덕을 오르다가 서로 밟혀 죽기도 합니다.

이 난관을 극복하고 목적지인 풀과 물이 넘쳐나는 곳에 도달하면 그제야 삶을 만끽하는 장면을 볼 수 있습니다. 바닷물고기 역시 살고 있는 곳에 수온이 알맞지 않거나 먹이가 고갈될 때 적당한 수온과 먹이가 풍부한 곳을 찾아다니면서 그들의 삶을 영위합니다. 하지만 인간은 이와 달리 지상 낙원을 찾아가는 것이 아니라 삶을 연구한 후 한 곳에 정착해 집을 짓고, 수도를 개설하고, 도로를 내고, 강에 다리를 놓는 등 필요한 요건들을 직접 창조하고 건설합니다. 인간은 스스로 지상 낙원을 마련하는 동시에 공동 사회를 구성해 사회적 규범을 설정하고 살아가고 있습니다.

특히 공동 사회에서 가장 중요한 것은 사회 규범일 것입니다. 사회 규범이 어떻게 설정되느냐에 따라 사회인들의 삶이 행복해질 수도 불행해질 수도 있기 때문입니다. 우리 공동 사회의 사회 규범이 잘못 설정되어서인지 비정의 수위가 지나치게 높아져 가는 것을 우려하지 않을 수 없습니다. 악한 자가 줄어들지 않고 늘어만 가는 추세이니 인류 세계의 평화가 더 어렵게만 진행되어 가고 있는 것이 아닌가 염려스럽고 안타까움을 금할 길이 없습니다.

본래 인간은 이 세상에 태어날 때부터 이성적으로 악행보다 선행을 선호하는 마음 자세가 갖추어져 있습니다. 예수를 비롯하여 석가·공자·맹자·소크라테스·아리스토텔레스·플라톤·칸트·루소·애덤 스미스·톨스토이·토인비·토플러 등 수많은 위인들로부터 한 인간으로서 세상을 살아가는 데 선행하며 살아야 한다는 말씀을 합니다.

그렇다면 어떻게 해야 인류 사회에 악을 행하는 자들을 줄이고 선을 행하는 자를 늘릴 수 있을까요. 어렵고 고민스럽지만 함께 노력한다면 길을 찾을 수 있으리라 봅니다. 과연 제대로 실현할 수 있을 것인지 의문스럽지만 인간이 공동 사회를 구성하고 사회 제도 규범상 악을 제재할 수단인 사회 규범을 잘 설정한다면 사회는 평화롭고 안전하게 발전할 수 있을 것이라고 봅니다. 오늘날 사회에서는 자연 또는 그 어떤 재난보다는 인간이 인간에게 가하는 악행이 가장 크고 위협적임을 느끼게 됩니다. 이 심각한 문제를 해결하기 위해서는 앞에서도 강조한 바가 있습니다만 인간이 공동 사회 생활에서 가장 큰 영향을 받는 사회 제도 규범의 변화입니다.

오늘날 사회 제도에는 악행한 자에게 벌을 주는 규범만 있지 사회를 위해 선행한 자에게 포상을 주는 규범이 없으므로 사회 제도가 공정하고 정의롭지 못하다는 것을 지적하면서 하루속히 시정되었으면 합니다. 사회인이 사회 활동을 하다 보면 악행자도, 선행자도 있기 마련입니다. 사회 규범을 지키는 않는 사람들에게는 벌을 주고, 선행한 자에게는 상을 주는 공정하고 정의로운 사회 제도 규범이 설정되어야 합니다. 사회 제도 규범이 공정하게 악에는 벌, 선에는 상으로 설정된다면 사회인은 누구나 사회 규범이 정의롭다고 찬성할 것이고 악행보다 선행을 많이 하여 사회의 악은 줄고 선이 늘어나 인류 사회의 안전과 평화는 순조롭게 이루어져 갈 것입니다.

≪새 삶의 인생길≫이란 책이 독자 여러분께서 살아가는 데 조금이라도 정신적 지침이 되었으면 하는 마음으로 두서없이 글을 썼습니다. 부족한 면이 있더라도 너그러운 마음으로 이해해 주시기 바랍니다. 고맙습니다.

2019년 1월
저자 홍규섭

차례

제2부 절망에서 희망으로 〈詩〉

제3부 침묵에서 깨어나자 〈斷想〉

제4부 인생길 〈斷想〉

불어라 훈풍아

기도

오늘도 세상 만물은
소리 없이 번창을 재촉합니다

우리가 사는 공동체도
줄기차게 진화를 거듭하면서
자연은 누가 말하지 않아도
주어진 책임을 조금도 어긋남 없이
스스로 완주해 갑니다

우리들의 삶에 작고 큰 사연들
가슴마다 가득 차 메워 나가고
이 어려운 사연들 풀지 못하는 고난을
어디에 하소연할 길이 없어
세상을 창조하신 분께 해결해 달라고
오늘도 기도하며 살아갑니다

* 세상살이 속에서 해결하지 못하는 일들이 너무 많다.

보고 싶은 내 고향

해가 제일 먼저 뜨는 내 고향 울산 동해
집 앞 백사장 그리고 푸른 바다
어린 시절 같이 놀던 동무들
지금 다 무엇 하며 살고 있는지
그립고, 그립고 보고 싶구나
젊은 시절 그렇게 정다웠던 나날들
매일 만나 서로의 꿈을 위해
소원 빌어 주던 친구들
가진 것 없어 나누지 못했지만
우정만큼은 깊었던 우리들

자연스럽게 좋았던 백사장
등대산 아름드리 소나무들
모두 노송이 되어
일생을 다해 가고 있겠지

우리들의 철없던 시절 다 가고
고향도 새 시대에 발맞춰
새롭게 발전하는 그 모습
오늘따라 유난히 보고 싶구나

* 우리 모습처럼 고향도 시대 조류에 따라 변해 가는구나.

소망

새해에도 태양은 내 고향 울산 바다
저 멀리 수평선에서 힘차게 솟아오릅니다

우리들 가슴에도 꿈이 있어
맘에 품은 소원들 이뤄지기를
아침 일찍 하나님께 기도합니다

선하게 살기를 스스로 다짐하지만
제대로 이루고 있는지
나의 마음 한 번 더 바라봅니다

세상살이 너울이 심해
한 순간 다짐한 나의 꿈들
흔적 없이 물거품처럼 사라집니다

하지만 아직 조그만 바람 있어
더 약해지지 않기를 애원하면서
선한 삶 이뤄 주시길
오늘도 이곳에서 기도합니다

* 더 선한 삶을 살기 위해서.

빛의 인도

철없던 젊은 시절
절망도 희망도 제대로 가늠 못 했던 그 시절
우리는 매일 바닷가에서 노는 데 여념 없었지

동해 앞 백사장, 건너편 울창한 소나무 숲
즐비하게 푸른 바다로 뻗어나간 울기등대
밤마다 뱃길 인도하는 등댓불
지금도 제 할 일 다 하고 있겠지

어부들이 망망한 바다에서
뱃길 찾지 못할 때
불빛으로 인도해 주는 고마움 무엇으로 보답할까

바다가 안개에 휩싸일 때
고동 소리까지 내어주니
그 고마움 세상 어디에 견줄 수 있을까

* 고향의 등댓불처럼 나도 세상의 빛이 되길.

노을

아침 일찍 세상 만물에 생동을 주고
오늘도 제 할 일 다 하고
서산에 걸려
마지막으로 검붉게 자신을 발산한다

텅 빈 가슴들
저물어 가는 노을이라도 담아
긴 밤 지새울 때
말 못할 고독이 스며들면
가슴에 담아 놓은
찬란한 노을 살짝 펴
지루한 한밤을 달랜다

* 조국의 운명이 너무 걱정되어.

16

봄바람

불어라 봄바람아
혹독한 겨울 동파 이제는 막아야 할 때
소리 없이 태평양 남풍이 대륙으로 불어온다

세상 만물은 움츠렸던 가슴 펴고
새롭게 생기를 찾아
지난해 못다 한 일들
새롭게 시작할 기회를 맞이한다
못다 핀 꽃들이 올해는 제때 싹트기 시작한다

산새들은 집 짓기 위해
들녘에서 열심히 재료를 물어 나르고
겨울 동안 굶주렸던 날짐승들은
먹이를 찾느라 정신없이 날아다닌다

우리의 가슴에도
수십 년간 오지 않았던
진정한 봄은 오고 있는가?

* 한민족의 분단으로 인한 긴장감은 언제 해소될까.

백조

잔잔한 호수 앞에서
깨어 나온 지 얼마 안 된 새끼를 데리고 나온 오리
어미 등에 올라간 새끼 편안히 잠자고 있다

어디서인지 몇 마리 백조가 호수에 사뿐히 앉아
수초를 뜯어먹기 위해
고개를 물속으로 사정없이 넣는다

오리는 혹시 백조에게 방해될까
새끼들 불러모아 한쪽을 비켜 준다
백조는 마음껏 물장구치고
푸드득거리며 목욕을 한다

백조야, 너는 깨끗한 모습을 하고서도
더 깨끗해지려 하는구나
우리가 사는 세상에는
깨끗하고 선한 자 왜 이리 없는가
하얗고 고결한 네 모습 보기 좋구나

* 세상에 선행하는 자가 많지 않아 고민하는 마음에서.

섬

수천만 년 동안 어느 누구도
섬이 어떻게 만들어졌는지
그 유래 알 길이 없다
바다의 거친 파도로 깎이고 깎인 거겠지

그 아름다운 모습을 보러
똑딱선 타고 가고 싶은 마음 간절하다
동백꽃 붉은 자태와
찰싹찰싹 바위에 부딪히는 파도 소리
마음의 기타줄을 튕긴다

여기저기 바위틈에 가득 찬 생명들
잠시도 쉬지 않고 바위를 씻는 파도
세상 사람들의 마음을
저리 씻어 줄 자 진정 없을까

* 인간의 모습이 언제나 정다웠으면.

산새

산에서 사는 산새야
왜 그리 구슬피 우느냐
배가 고파 우느냐, 임 그리워 우느냐
배고픔도 임을 그리워함도 다 헛되다

네가 여기서 임을 만나 집을 짓고 알을 낳고
모진 비바람 견뎌 가며
새끼를 키워 세상에 보냈지만
제 노래를 제대로 가르치지 못함이 한스럽구나

부모가 되어 지금도 이곳에 살고 있지만
손자 자식들이 언제 찾아와
부모에게 즐거운 노래를 들려줄지
그 기다림이 고독과 슬픔으로 변해
여기서 울고 있구나

* 급변하는 시대 젊은 세대들이 부모의 정성을 좀 더 깊이 헤아려 주었으면.

낚시

고기 낚는 매력을 느낀 낚시꾼들
차비를 한 채 오늘도 포구를 찾는다

마음에 꽉 찬 묵은 생각들을
넓고 푸른 바다 지평선으로
떠오르는 햇빛처럼 발산해 버린다

선장은 거침없이 넘실거리는 파도를 헤치며
좋은 포인트를 찾아간다
낚시꾼들은 오늘 누가 먼저 대어를 낚을까
마음의 설렘이 잠시도 그치지 않는다

각자 짊어지고 간 상자에 고기를 가득 채우고
새 마음도 가득 채워 포구로 돌아오는 기쁨
내일의 새 삶에 기쁨이 넘쳐난다

＊낚시꾼들은 대어도 낚고 새 삶을 계획하는 마음도 낚는다.

개구리 노래

개굴개굴 아들 손자 며느리 다 모여
정겹게 부르는 개굴개굴 개구리 노래

두루미 백로가 그 소리 듣고 찾아와
아들 손자 며느리 중 누굴 잡아먹을까 하네

개굴개굴 꺼지지 않는 열창에 매료되어
그 어느 하나 선택하지 못하는 사냥꾼들

낮이 가고 밤이 다가오니
개굴개굴 노랫소리 더 멀리 퍼져 가네

반짝이는 수많은 별들에게 환영받으며
둥근 보름달이 우주 공간에 떠오르네

개굴개굴 정다운 개구리 노래
수많은 별들이 반짝이며 반기니
달님마저 흥겨워 개굴개굴 노래하네

*아무리 불리한 약점을 가졌다고 해도 자기 일을 열심히 하면 그 어떤 고난도 피해 갈
  수 있다는 것이 자연의 이치이다.

22

봄의 길목

종달새 보리밭 위 높이 날아 울부짖는 소리
봄의 따스한 기운에 아지랑이마저 뽀얀 자태
자욱한 실안개 스쳐 지나가네

차가운 바람 사정없이 불어대던 지난겨울
모든 생명이 죽었다고 단념했지만
그 모진 날씨에도
보리는 따스한 봄 햇살에 무럭무럭 자라네

종달새 보리밭 위에 둥지를 틀어 알을 품다
사람이 다가가니 놀라서
높이 날아 울부짖고 있는지
아직도 짝을 찾지 못해 서러워 울부짖고 있는지

한세상 사는 날짐승이나 사람이나
다를 바가 무엇인가
누구든 위험을 감지하면 사력을 다해
자신을 보호하려는 마음은 자연스러운 이치 아닌가

＊세상에 사는 생명들은 조물주가 주신 능력에 준해 살아가고 있다.

그리움

강 건너 저편에도 한 핏줄 삶이 있지만
한없는 고달픔 하소연할 길이 없네
오늘도 철새들은 철책을 넘나드는데
오가고 싶은 동포들의 마음만 간절하네
가로막힌 그곳은 언제 걷어질는지
기약 없는 나날이 지나만 간다

남쪽 사는 동포들은 오대양 육대주를
이리도 거침없이 오고가는데
십 리 길도 아닌 바로 보이는 저 땅을
밟지 못하는 현실이 안타깝다

해는 저물고 또 내일은 오지만
한 번 가보지 못하는 서러움 누구를 탓할까

지혜를 모은다면, 노력해 본다면
갈 수 있는 그날 꼭 오고야 말리라

* 군 생활 시절에 생각했던 민족 분단의 서러움에 대해서.

고래잡이

동해에 사는 밍크고래
세상에서 가장 큰 동물
예민한 감각 가졌으면서
순진한 심산 가진 그 고래

우리 동네 고개 넘어
고래잡이 기지 있어
백사장에서 동무들과 놀다가도
긴 뱃고동 소리 들려오면

우리는 직감으로
오늘도 포경선이 고래를 잡아
끌고 오는 소식 세상에 알린다며
고래 깨는 구경을 갔다

태산 같은 고래 감고 감아
육지로 끌어올리는 모습
놀랍고 신기했던 그 모습
지금도 눈앞에 아른거린다

* 어린 시절 큰 꿈을 갖게 된 동기.

애걸

가난을 면하게 해 달라고
수천만 번 애원했던 어린 시절
삶은 벅찼고
꿈을 꾸다 지쳐 있었다

한밤의 수천 번 기도보다
새벽 일찍 일어나 들에 나가 일해야지
쉴 때마다 고달픔을
한탄 대신 내일의 희망 찾으며
한 구절 두 구절
쉬지 않고 책 펼쳤다

오늘날 나를 이렇게나마 만들어 준
자신의 고마움
어디에도 견주어 볼 길이 없네

* 노력하는 만큼 복이 온다.

등불

가슴에 맺힌 한
어느 하늘 아래서 풀어볼까

곳곳마다 잘못된 점 비판하는 자 많으나
선행으로 인도하는 자 많지 않으니
세상 분위기 이리도 산만하구나

같은 하늘 아래 한세상 살면서
인간의 도리 제대로 깨우치지 못한다면
세상살이 헛수고 되고 말 터인데

험준한 세상
좌절하며 무릎 꿇지 말고
악에는 벌, 선에는 상으로
새로운 세상 열어 가는
선구자의 등불 되었으면 좋겠네

* 험준한 세상을 바로잡아야 하는 도리.

길

먼 길은 쉽게 오고가는데
가까운 우리 길은
너무 어렵고 왕래가 뜸하네

한민족이 모두 원하면서도
이뤄지지 않는 소망
누구를 탓할 수 있을까
그 큰 짐 어깨에 짊어지고
괴로운 행군 불평 없이 해내자

애쓰고 노력한다면
언젠가 우리 가슴에
한 맺힌 소원 이뤄지리

* 남북 동계올림픽 협상을 보고.

임

먼 곳에 가신 임
언제 돌아오실까

달 없는 그믐날 오신다면
반딧불이에게 애원하여
임이 오시는 밤길 초롱불 되어
편히 오시도록 정성 다하리

보름달 떠 있을 때 오신다면
꽃밭 주인에게 애원하여
장미꽃 좋은 송이 한아름 꺾어다
임의 품에 안겨 드리리

임 그리워 잠 못 이룰 때면
뒷산 풀밭 여치에게 애원하여
나의 외로움 달래 주는
임의 노래 부르리

* 임을 사랑하는 마음에서.

전선

조국의 운명 짊어지고
전선으로 달려갑니다
어제는 형들이 지키던 이곳
오늘은 우리들이 지키러 왔습니다
춥거나 덥거나 졸음이 와도 참고 또 참으며
부모 형제 안녕 위해 조국을 지킵니다
조국이 원하는 곳으로
우리들은 달려갑니다
밤낮 없는 경계태세는
조국의 안녕이 될 것입니다
꽃다운 청춘 조국에 바쳐 죽더라도
우리에겐 아무런 애석함 없습니다
사나이로 세상에 태어나
조국 위해 몸 바칠 수 있다면
그만큼 위대한 일 세상에 또 어디 있겠습니까
지금 가는 이 길에 어떤 장벽과 위험 있어도
우리는 전혀 두렵지 않습니다
지키자 또 지키자. 조국을 지키겠습니다
앞으로, 앞으로, 또 앞으로

* 젊은 세대들이 더욱 애국심을 가져야 한다.

세월

우리가 무슨 생각 갖고 세상을 살든
세월은 자기가 가고 싶은 곳
어떤 제약도 없이 묵묵히 가고만 있네

우리들이 살고 있는 세상 사회는
무슨 일이 그렇게도 많고 많은지
이래저래 허송세월만 하네

한 번만 양보하고 자제한다면
복을 얻을 수 있을 것인데
서로 협력하지 못하는 처세 때문에
평온이 정착되지 못하는 현실
안타깝고 걱정스럽네

오늘의 기대에는 미흡하지만
내일은 평온할 거라는 희망 때문에
세월을 탓할 수 없고 기다려만 지네

* 세상 평화를 기대하는 마음에서.

기다림

자식들은 깊은 잠 꿈속을 헤매는데
아버지는 만선 기대하며
오늘도 거친 바다로 나간다
망망한 바다에 그물을 치는데
어젯밤 길몽 덕분에
마음이 한층 더 기쁘다
그물 당기니 고기들이 가득 차
만선의 기쁨으로 신령님께 감사하고
거친 풍랑 맞으며 항구로 들어온다
집집마다 어부의 아내들은
거친 바다를 하염없이 바라보며
용왕님께 남편이 무사 귀환하도록
마음속으로 정성껏 빌어 올린다
저 멀리 거친 풍랑 속에서
웃옷을 벗어 든 남편이 보인다
오늘은 만선이다
크고 기쁜 소리 들려오니
모두들 덩실덩실 행복한 춤을 춘다

* 어릴 적 고향에서 보았던 어부 아내들의 삶.

32

농부

얼어붙었던 들녘 땅들
솔솔 부는 훈풍에
제 모습을 찾아간다
들녘에 심을 씨앗 준비하느라
농부들은 마음도 몸도 바쁘다

겨울에 고되게 잠자던 개구리
벌써 나와 힘차게 울어대고
들녘 여기저기 가지마다
개나리꽃도 피었다

농부들은 쟁기 짊어지고
소 앞세워 논밭을 간다
초봄에 심은 작물들 잘 가꿔
가을의 풍요로움 기대하면서
오늘도 이마에 맺힌 땀방울
손으로 쓰윽 훔쳐 내면
고단한 기색 잊고 환한 미소 넘쳐난다

* 농부의 건전한 마음가짐.

고행

세상에 태어나
삶에 대한 가치 깨닫게 될 때
어떻게 제대로 행동해야만
어긋남 없이 잘 살아갈 수 있을는지

몸은 마음이 가자는 곳으로 가야 하는데
그리 쉽게 조화를 이루지 못함이
못내 아쉬워 내 마음 달래 본다

세상 사람들은 물질의 유혹에 쉽게 넘어가니
자제할 길 과연 없는 것인지
만 가지 다 잊고 고달픈 역경 체험하며
마음을 바르게 길들이는 데 온 힘을 다해 본다

사람이 악의 언덕에 올라가면
진실한 삶과는 멀어지니
새롭게 시작할 인생의 길마저 영원히 사라지리

* 세상 사람들이 물질에 지나친 욕심을 자제했으면.

34

청춘

청춘아, 내 청춘아
어디에서 와서 어디로 가나
한때는 수많은 벌과 나비 춤추며 찾아와
즐거운 나날을 보냈건만

좋았던 시절은 다 가고
허전한 공간만 남아
불러도 오지 않고 찾을 길 없으니
아무리 애써도 가는 청춘 막을 수 없네

청춘아, 내 청춘아
이 세상 올 때 가져온 것 없고
갈 때도 가져갈 것 없네
남은 삶 동안 가진 것 없어도
마음을 나누며 정답게 살아보세

* 지난 인생보다 남은 인생을 더 잘살았으면.

결혼

일생에서 가장 축복받을 결혼
남남이 만나 짝을 지어
두 마음을 합쳐 험난한 인생살이
큰 기둥 세워 나가는 첫 걸음

두 마음의 허전한 공백
아내의 지혜로 남편의 용기로 메워
한 가정의 원활한 기초 다져간다

자식을 낳아 사랑 베풀고
한 걸음 두 걸음 걷는 모습 낙으로 삼으니
오늘을 살아가는 이 즐거움
언제 또 있을까

열심히 정성을 다해 키우며
착하고 훌륭한 사람 되어 주기를
부모로서 간절히 바라며 살아간다

* 어느 예식장에 초대받았을 때.

36

부모의 은혜

이 세상에 부모만큼
고마운 사람 또 있으랴
자식 삶의 걱정 부모만큼 하는 자 없네

자식을 위해 애쓴 부모님
존경해야 함은 당연하네
노력하는 사람이 되어야 함은
인생의 필수 조건이네

부모가 자식에게 바라는 것은
주어진 책임을 성실히 실천하는
모범적인 사람이 되는 것

부모 마음에 보답하기 위해
선행하며 살아야 한다는 것
잊어서는 안 되네

* 젊은 세대가 부모의 은혜를 좀 더 깊이 이해했으면.

친구

그 옛날 어린 시절
땅 따먹기 구슬치기 공차기로
우정 다지고
숙제 못해 친구 노트 빌려 베끼며
선생님께 야단맞는 일
용하게 피하던 시절
오늘도 그때의 순수한 동심
깊이 간직하며 살아간다

지금은 모두 노인 되어
어디서 무엇 하고 사는지 보고 싶다
아무리 어려운 세파지만
연락이라도 주고받을 수 있으면
추억의 그림자 더듬으며 살아갈 것인데

* 옛 시절 동심을 그리워하면서.

불어라 훈풍아

하루 앞을 감지할 수 없게
급박히 돌아가는 우리들의 삶
내일이라도 이 땅에 칠십여 년 전 혈전이
또 다시 일어나는 것은 아닌지
종잡을 수 없는 우리 민족의 운명

세계 동계올림픽 열리는 강원도 평창
민족의 분단 문제도 안타깝지만
대륙의 세력과 태평양 세력의 정상들이
모여드는 이곳에
무슨 일이 생기진 않을지 불안하네

불어라 훈풍아
우리 민족도 살고
인류 평화도 조성되는 훈풍아 불어다오
세계 동계올림픽이 열리는 평창이여 안녕

* 우리 민족의 앞날이 좌우되는 세계 평창 동계올림픽.

구원

가자, 가자
마음에 거리끼는 의문 풀어 줄 자 누굴까
많은 사람들이 영생을 얻기 위해
십자가가 달린 집으로 모여든다

가슴에 꽉 차 얽혀 있는 의문점
무엇으로 해결할 수 있을지

십자가 주인에게 들어야 하나
아니면 하나님께서 주신
이성과 지혜로 풀어야 하나

또 한 해가 간다
가슴에 얽힌 수많은 사안들
올해도 기도로써 생각하며 풀어 보자

* 믿는 자는 많으나 영생을 얻는 자는 그리 많지 않다.

자제

세상 만물은 죄다 자기 기량을
마음껏 펼치며 살아간다

우리들은 하고 싶은 말도 많지만
제대로 하지 못하는 서글픈 신세
누구를 탓할 수도 없어 처량하다

삶이란
무거운 도덕적 의무 때문에
함부로 장난삼아 해 보아서는 안 되는 것

착실하게 행동하고 조심하고 노력해도
생각지 않은 착오로 손해 보는 인생들

누구를 탓하랴
주어진 이성과 지혜로 잘못된 길을 고쳐
새롭게 개척해 가야 하기에
억울하고 분함이 있어도
자제하며 살아야 한다

* 세상 사회가 너무 복잡하고 비정상적으로 돌아가 손해 보는 자가 많다는 생각에서.

동심의 꿈

어린아이들이여
오늘은 무슨 생각하며 살아가고 있는가

가슴을 펴고 세상을 사는 것도
의미 있는 일이지만

각자 하고 싶은 소질을 살려
좀 더 정신을 집중했으면…

시간은 원하는 만큼
기다려 주지 않는다

세월을 먹고 자라는 어린이들이
허실 없이 채워 나가야

기다리는 꿈의 금자탑
완성될 날이 올 것이다

* 지금의 세상은 어린이들이 잘 자라기에는 너무 어지럽다.

정의 우리 민족

젊은 세대들이여
가슴에 품고 있는 원대한 꿈을 향해
오늘도 거침없이 바른 길로 가다오

조국의 분단으로
동포들의 삶은 말이 아니다
우리가 어떻게 이 험난한 길 택했는지
두 손 모아 가슴 쳐도 할 말이 없네

선조들의 잘못으로 그들의 실수로
우리 세대가 짊어지고 가야 하는 고행길
어디서부터 잘못되었다고 해야 할까

* 거짓으로 만들어진 달콤한 평화와 감언이설에 속지 말자.

산

강산이 푸르니 마음이 기쁘다
자연을 벗 삼아 살아가는 수많은 나무들은
보란 듯 자랑 삼아 사는 것이 아니라
자기에게 주어진 운명대로 세상을 산다

사람들은 깊고 높은 산과 숲을 좋아한다
가지마다 푸른 자태가 볼 만하고
나뭇가지에 꽃마저 피어
그 향기로 산을 오르게 하는 것 아닐까

숲이 깊으니
계곡마다 물줄기가 그칠 줄 모른다
수많은 짐승들의 갈증을 해소해 주니
얼마나 고마운 존재인지 형용할 수 없네
우리들이 사는 세상 민심도 숲을 닮아 갔으면

* 세상의 기류가 자연 순리를 따라갔으면.

달

고요하고 거룩한 밤
수많은 별들의 환영받으며
우주 공간을 지나니
세상을 더 아름답게 빛내어 주네

인간이 사는 세상에도
달과 같이 거룩한 자 언제 오실지
사람들은 지혜를 가졌으면서 적절히 활용하지 않으니
세상 어려움 제대로 해결 못하고 근심만 쌓여 가네

모두들 선행이 좋다고 하지만
어렵고 가난한 자가 많아도
제대로 돕는 자 적으니 세상은 날로 어려워 가네

지금이라도 달과 같이 선한 마음으로
어렵고 가난한 자를 돕는다면
하늘에 계신 아버지께서 복을 내려 주시리

* 세상에 악한 자 늘어나고 선한 자 줄어드는 안타까운 심정에서.

나는 알리라

가슴에 쌓인 괴로움을 잊으려고
이름 모르는 곳에서 나 자신을 수만 번 달래 보며
어두운 밤 지나면 밝은 날 오겠지
열심히 노력하면 세월 지나 가슴에 쌓인 고민도
서서히 풀리고 새 희망을 얻겠지 생각해 본다

믿고 또 믿자. 나 자신을 믿자
자신이 자신을 버리게 되면
이처럼 불행한 일 세상에 또 어디 있으랴
생각하고 생각한 결심을 어떤 난관 닥쳐와도
실천하는 데 전력을 다하자

그렇게 고난 극복하면 자신을 얻게 되고
함부로 다른 사람의 금자탑에 마음 팔지 않으며
오직 자기의 진로에 총력을 기울여
바른 인생관 제대로 정립하게 되리라

*세상에는 자신을 제대로 돌보지 않아 바른 인생관을 정립하지 못하는 사람들이 있다
  는 것이 아쉽다.

설날에

날 낳아 길러 주신 부모님
저 세상에 가신 지 오래되어
부모님 은혜를 헤아리는 것마저
잊히어 슬프다

살아생전 욕심 없고 남의 재물 탐내지 않으셨고
일하는 습성엔 남다름이 있으셨다

어릴 때 부모께 큰 가르침을 받지 못했지만
부지런함과 정직한 성품을
물려받은 것이 아닌가 싶다

집안이 가난해 먹을 식량이 없어
배고픔 참느라 속으로 울었지
세월이 유수같이 흐르는 사이
나도 벌써 부모님 돌아가신 팔순에 다다랐네

* 부모님께서 생전에 가진 성품을 나도 저세상 갈 때까지 간직했으면.

자연의 그리움

아침저녁 출퇴근 시간
사람들을 가득 태워 나르느라
버스, 전철은 발 디딜 틈이 없다

알지 못하는 사람끼리 어깨를 부딪치며
하루하루 살아가는 이런 형국이
그칠 줄 모른다

주말이 오면
도시의 복잡함을 잠시나마 잊으려고
공기 좋고 물 좋은 산과 바다를 찾아간다
그동안 가슴에 쌓인 피로를
끝없이 허공으로 날려 보낸다

다시 내일의 인생살이 생각하면
자연을 그리워하는 마음 지울 수 없다

* 도시의 복잡한 생활을 잠시나마 잊어 보았으면.

보름달

달아 달아 보름달아
너는 어찌 그리 티 없이 환한가
한없이 어두운 세상을 대가도 없이
만인에게 비추어 주는
네 마음이 고맙고 고맙다

세상 사람들이 못마땅하다고 해서
너의 아름다운 자태를 구름 속에 숨기지 말고
선한 모습을 만인에게 비추어다오

이 세상은 한 사람만의 것이 아니다
우리의 세상을 저 환한 달과 같이
티 없는 곳으로 만들어야 하는데
사람들은 삶이 어렵다고 원망만 한다

우리의 잘못을 남에게 돌리지 말고
달과 같이 티 없는 선행을 해서
인류 평화에 협력해 주었으면

* 남의 탓하지 말고 잘못을 자인하고 인류 평화에 협력하자.

바다

넓고 넓은 바다야
한시도 쉬지 않고 출렁거리는 너의 모습
점잖지 않다고 면박 줄지 모르지만
네가 세상에 태어날 때부터 가진 성품이니
어쩔 도리가 없구나

세상을 짊어지고 살아가는 사람들아
나보고 이러쿵저러쿵 말하지 마라
너희가 살고 있는 세상은
평화도 이뤄 내지 못하고
날마다 우는 자가 어찌 이리 늘어만 가나

인간이 세상에서 정답게 살아야만
세상 만물에게 허점 보이지 않을 텐데
만물을 지배하고 다스릴 줄은 알면서
자기 자신은 제대로 다스리지 못하니
이 좋은 세상을 제대로 살아가지 못하고
비관스럽게 살아가는 모습이
너무나 처절하구나

*공동 세상에 살면서 공동 세상 사회가 얼마나 중요한지 알지 못하는 인간들의 어리
 석음.

전화 소식

아프리카 먼 나라 가나에 가 있는 아들로부터 소식이 왔다

무더운 날씨에 쉴 새 없이 흐르는 땀이 온몸에 젖어들지만
맡은 책임 완수하느라 정신없이 바쁩니다
고국에 계신 부모님은 몸 건강하신지요
이 수천만 리 떨어진 오지에서 봉사하는 것은
앞으로 제가 세상 살아가는 데
좋은 바탕이 될 것입니다
이제 1년간 봉사 마치고 곧 고국에 돌아갑니다
앞으로 진학해서 더 열심히 공부했으면 합니다
부모님의 정성 어린 보살핌으로 대학도 졸업하고
군 복무도 무사히 잘 마쳤습니다
더 열심히 노력해 부모님께 심려 끼치지 않는
훌륭한 사람이 될 것을 약속드립니다

* 아들의 봉사에 감사하며 더 열심히 공부해 좋은 사람이 되어 주기를 바라는 마음.

동계올림픽

인류 평화를 위한 동계올림픽 횃불이여
더 높이 타올라라
세계 선수들이 갈고 닦은 실력 아낌없이 발휘하는
평화를 위한 동계올림픽 제전
눈과 눈, 마음과 마음
세계 시청자들은 서로 정다움을 엮는다

분단 반세기가 넘도록 남북이 대치 상태인
휴전선 가까운 곳에 이루어지는 동계올림픽 제전
그 의미가 한없이 크다

동계올림픽 제전의 횃불이여
꺼지지 말고 우리 민족의 고통을 해소해 주는
영원한 등불이 되어다오

인류 평화를 위한 그 진지한 참뜻
폐막식과 동시에 소멸되지 않고 영원토록 평화의 빛으로 남아
인류 평화를 위한 초석이 되어 주기를

*우리 민족의 난제를 풀고 세계 평화가 이루어졌으면.

태극기

나는 조국의 국민으로 세상에 태어났습니다
가슴속에 조국을 위한 뜻 깊은 사명감이 부여되어
조국이 위기에 처할 때 나의 운명도
조국과 함께하렵니다

보이지 않는 나의 가슴속에
조국의 상징인 태극기가 언제나 걸려 있습니다
조국이 난관에 처할 때면
태극기 꺼내 들고
애국가를 부르며 용감히 달려갈 것입니다

나는 조국의 안전 위해
주어진 나의 기량을 바치렵니다
각자 주어진 삶을 성실히 다하는 것이
조국의 미래에 초석이 될 것입니다

나의 가슴속에 고이 간직한 태극기여
더 높이 휘날려라
조국의 운명은 우리의 애국심인 용기로
꺼짐 없이 타오를 것입니다

*조국의 상징인 태극기를 좀 더 소중히 생각해 보았으면.

훈련소

조국은 우리를 부릅니다
가슴에 맺힌 조국의 한을 풀기 위해
우리는 훈련소로 소집되어 왔습니다
우렁찬 교관의 목소리에 귀 기울이며
일생 중 가장 활기차고 민감한 시절
조국을 위해 여기에 왔습니다
교관님의 하나하나 지시 사항에 따라
머리를 삭발하고 군복으로 갈아입고
새 군화를 신게 되었습니다

기상나팔 소리에 일어나고
총을 지급받아 분해와 결합 교육을 마치고
제식 훈련으로 일과가 시작됩니다
우리는 조국을 위한 군대에서
명령에 죽고 사는 사명감을 짊어지고
오늘도 사격 훈련에 구슬 같은 땀방울 흘리며
정확히 표적을 명중시키는 데 여념이 없습니다
적들과 싸워 이기는 군대, 싸울 때 죽어도 후퇴 없는 군대
조국의 안녕은 우리들의 용감한 정신에서 지켜질 것입니다

*젊은 세대에게 더 철저한 군사 교육이 필요하다는 마음에서.

삼일절

1919년 삼월 일일
아, 가슴이 멘다
나라 잃은 서러움
그 어느 하늘 아래 그 누가 알아줄까

아무 잘못도 없는 선한 민족이 사는 한반도
일본 제국주의자들이
선전 포고도 없이 강점했다

수탈과 폭정이 날로 심화되자
우리의 선열들 선두로, 전국 방방곡곡
맨손으로 대한독립만세
일본 제국주의에 대한 항전이 시작됐다

아, 거룩한 선열들이여
조국 독립을 위해 몸 바친 그 정신
후손 만대에 길이 빛날지로다
독립 운동으로 돌아가신
이름 없는 선열들이여
그 모든 영혼들에게 묵념 올립니다

공원

사람들은 고달픈 마음을 달랠 겸
공원을 찾아 나선다
가지각색 나무 그늘 아래 놓인
벤치에 조용히 앉는다

무거운 마음을 정리하기 위해
지나온 과거사 되짚으며
인간관계 속에서 생긴 일들
좋은 일 나쁜 일 마음의 저울로 달아 본다

좋은 일은 마음의 보약이 되었고
나쁜 일은 마음의 상처로 남게 되니
삶의 걸음은 무겁기 한량없다

내일은 실수를 줄여야지
조금 더 조심하고 한 번 더 생각하면
어려운 난관도 무사히 넘길 수 있다
쉬운 일도 한 번 더 짚어 보는
여유를 가져보자

* 매사를 급히 서두르는 바람에 될 일도 놓칠 수 있다.

인류 평화의 기로

해와 달은 한 우주 공간에 살면서
시기하거나 욕심 부리지 않으니
서로 싸울 일 없구나
그 덕에 수많은 별들은 다 형제같이
언제나 평화롭고 행복하기만 하네

우리 인간 세상은 왜 이리도
지도자들의 갈등이 심해져만 가는가
지구상에 잘 먹고 잘사는 사람들이
인류를 하나의 공동체로 생각하며
사랑하는 마음으로 살아간다면
후회 없는 인생살이가 될 것인데…

이 세상 선진국의 지도자들이여
하루속히 사악한 권위주의 버리고
인류를 다 같이 형제 삼아
선한 지도력으로 인도한다면
역사에 그 이름 길이 빛나리라

* 인류 문명이 고도화되어 가고 있지만 세계 안전과 평화의 길은 더 멀어져만 가네.

자식의 죽음

저 세상으로 떠나보낸 자식
그렇게 사랑스럽고 귀엽던 아들
부모보다 먼저 세상을 떠나니
한없이 구슬프기 그지없네

누구를 원망하랴
타고난 운명이 그것뿐이니
부모가 죽을 때까지
가슴에 품고 살아가야지

천지신명이여
이렇게 자식을 먼저 보낼 바엔
아예 내게 주시지 않았으면…
이 고통은 생에 지워지지 않네

오늘도 부모는 괴로움을 못 이겨
남은 인생 살기가 너무 고달프네

자식들아, 헛된 마음 갖지 말고
착한 마음으로 세상을 살아다오

* 어느 부모가 자식의 무덤 앞에서 애걸하는 모습을 보고.

여인 사랑

세월 따라 사노라면
많은 것을 보고 느낌에
인생 공부가 이루어져
철없었던 시절은 사라지고

멀게만 보였던 알찬 인생이
제철을 만나 차곡차곡 쌓여
사랑의 도리 깨닫게 하고
호젓했던 마음의 공간 채워지네

알지 못했던 여인을 사랑한다
마음이 말하지만 선뜻 용기가 나지 않아
망설임으로 속 태우며 살아간다

그러나 꼭 만나야 한다는 생각 때문에
전에 알지 못했던 여인을 사랑하게 되니
인생의 미지수에서 벗어나
여인의 세계를 이해하게 된다

* 한 남자로 세상에 태어나 모르는 여성을 만나 결혼해 사랑하며 사는 과정.

선행

사람들이여 좋은 환경에 산다고
자랑하지 마라
어려운 환경에 사는 사람들아
삶에 고충이 있다고
하소연하지 마라

이성을 가지고 사는 세상에는
반드시 선행이 이루어져야 한다
선행을 모르고 사는 자들은
제 아무리 잘난 척해도
그 행한 일들이 금수와 같으니라

사람 사는 곳에는 훈풍도 불고 악풍도 분다
가능하다면 악의 환경에서 벗어나
좋은 환경을 조성하는 자가 되어야만
한세상 삶이 한층 더 즐거울 수 있으리라

* 세상의 삶에 악은 늘어나고 선행하는 자는 줄어드니 좋은 환경을 만드는 것이 어렵
다.

강물

말없이 줄기차게 흐르는 강
오만 시련 다 겪으며
바다와 합류하기에 여념이 없네

우리 인생은 이 세상에서
무엇을 목적으로 삼아야 좋을까
사람들은 자기 인생 다독이느라
오늘도 쉴 새 없이 소임을 다하네

잘난 인생 못난 인생 차별 없이
좋은 마음으로 선행하고 산다면
그 어느 누가 지적할까
가진 것 크지 않아도 좋은 마음만 지킨다면
그 누가 나무랄까

인생도 강물처럼 모진 시련 다 겪으며
바르게 선행하며 살아간다면
이 세상보다 더 좋은 세상으로
흘러가게 되지 않을까

＊강물처럼 세상의 삶에 난관이 많지만 그래도 선행을 해야 한다.

욕망

인간이 사는 세상에는
지나친 물질적 욕망 때문에
못 가진 자는 내가 가져야 한다고
가진 자는 조금 더 가져야 한다고
시끄럽다

서로가 가진 것만큼 베풀 수 있어야만
인간으로서 세상을 살아가는 데
참된 의미가 있을 터인데
이런 문제를 제대로 실현하지 못하니
너무나 아쉽다

우리가 세상을 산다는 참뜻은 무엇일까
더 가졌거나 덜 가졌다고 해서
이 세상에서 쫓아낼 자 없으리라

다 같이 한세상을 사는데
나보다 어려운 사람을 돕고 산다면
이만큼 보람된 삶도 없으리라

*베푸는 자 적고 가난한 자 많으니 슬픈 세상이로다.

자연의 섭리

세찬 북풍이 몰아쳐 자취를 감추었던 생명들이
새로 탄생할 세상의 기운이 돌아왔다
따스한 봄기운에 새싹들이 움트는 소리가 들린다

우리 인생도 새봄의 기운을 얻어
어려웠던 지난해 힘들었던 고통을
봄바람이 밀어내는 먹구름에 실어 보내야지

지난해보다 더 나은 삶을 위해
오늘도 노력하는 데 공들여 본다
새봄이 시작되는 자연의 순리에 따라
때를 맞추어 촉촉한 땅에 씨앗을 뿌린다

성공할 것인지 의심할 것이 아니라
열심히 가꾸는 성의가 필요하다
씨앗만 뿌려 놓았다고 만사태평하지 말고
뿌린 씨앗을 잘 가꾸는 것이 중요하다

*자신이 원하는 것을 얻기 위해 기회를 잘 활용해야 한다. 노력 없이 얻어지기를 원하
  는 모습들이 어리석다.

북극곰

네가 세상에 태어나 사는 모습을 보니 신기하구나
자유분방하게 어슬렁어슬렁 빈둥대며
무거운 덩치를 끌고 이 빙하 저 빙하 헤엄쳐
물개를 날렵하게 잡아먹는 모습이 신기하구나

세상을 창조하신 하나님께서 모든 생명체들에게
굶어 죽지 않고 식량을 구하는 지혜를 주신 것 같다

혹독한 겨울이 다가오기 전 몸을 살찌우기 위해
상류로 사력을 다해 올라가는 연어를
그 길목에서 낚아채는 곰들의 모습

날마다 배를 채우니 몸의 몇 배가 불어나
가늠하기 어려울 때가 되어야 동면에 들어간다
굴속에서 장기간 먹지도 않고 새끼까지 낳아 기르는
그 모습이 정말 신기하구나

인간도 곰과 같이 세상을 사는 방법이 있다면
이렇게 먹고 살기 위한 경쟁이 치열하지 않을 텐데

*우리가 사는 인간 세상에서 지나친 생존 경쟁은 언제 진정될 수 있을까.

태산

산아 산아 태산아 높다고 자랑 마라
네가 높으면 높을수록 계곡은 더 깊어만 간다
처음부터 네게 주어진 모습으로
지나친 자만은 삼갔으면

우리가 사는 인간 세상에서도 재물이 많은 자 자랑 마라
그 재물을 얻기 위해 수많은 과오가 있었을 것이다

권력이 있다고 과시 마라
지나간 권력자들의 비리를 심판하려고 하지 마라
누구든 실수가 없었다고 장담할 수 없다
다음 권력자가 또 지금을 심판하게 될 때
자신의 권좌 시절을 어찌 심판받아야 좋을지 생각해라

하고 있는 일들에 잘못이 없다고 장담하지 못한다면
전 권력자의 심판을 당연하다고만 볼 것이 아니라
나의 잘못된 점을 심판할 때를 생각해야 한다

*국가의 통치력은 가능한 역사에 맡겨야지 인위적으로 심판해서는 안 된다. 결국 정
  치 보복성이 짙으므로 다음 권력자가 역시 나를 심판한다.

인생을 사노라면

인생을 사노라면 할 일이 많네
맡은 책임을 다른 사람에게 전가할 수 없네
해야 할 일 제때 한다면
인생의 고비가 또 한 번 넘어간다

사람마다 모두 좋은 환경을 원하지만
자신의 인생을 바르게 살기 위해서는
체험으로 얻어진 인생의 공부를
스스로 묵묵히 쌓아 가야 한다

매일 맞는 새아침, 새 일과가 시작되고
더 많은 깨달음으로 복잡한 마음 정리하면
어두웠던 인생에 밝은 빛 비춰 온다

육체적인 고달픔도 서서히 물러나고
마음의 새싹이 소리 없이 뚫고 나온다
거룩한 인생이여
좋은 삶을 위해 쌓는 그 정성 고마울 따름이다

＊인생을 살면서 체험으로 얻은 경험이 진정한 공부이다.

독수리

이 세상에 수많은 날짐승이 있지만
너만큼 무서운 존재도 그리 많지 않으리
세상 만물을 창조하신 조물주께서
너에게 그런 모습을 주셨구나

무서운 발톱과 부리로
연약한 날짐승을 단숨에 낚아채면
너의 밥이 되는 불쌍한 새들
다 같이 하늘을 날면서도
그 세상에도 지배자와 피지배자가 있구나

우리가 사는 인간 세상도 마찬가지
그러나 인간은 이성과 지혜가 있으므로
가진 자는 가난한 자를 돕고 살아야
진정한 인간 세상을 마련할 수 있다네

이를 어김없이 이행해야만 밝은 세상이 이뤄져
모두 평화롭고 행복하게 살 수 있을 것이네

*인간이 평화롭게 잘 살아가려면 올바른 이치를 깨닫는 것이 필요하다.

새봄

겨울 동안 모진 눈보라에 힘들었던 수많은 나무들
몸에 둘러싸인 바지저고리 다 잃고 앙상한 줄기만 남아
언제 새 기운이 오려나 기다리고 있네

땅의 온기로 여기저기 뽀얀 증기가 솟아오르고
겨울 동안 수액까지 다 잃고 앙상해진 가지들
새봄 기운이 가지마다 차오르네

새싹 틔우려고 밤낮으로 정성을 다하니
자연의 순리와 힘을 누가 부정하랴

산에 사는 나무들아
너희들은 잃어버린 모습 다시 찾지만
우리가 사는 인간 세상은 한 해 두 해 가도
새로운 세상 언제 올지 기약 없다네

수많은 나무가 잃었던 모든 것 되찾을 동안
인간 세상의 어려움을 면해 줄 수액은
누가 가져올 수 있을까

*자연 속의 식물은 잃어버린 세상을 다시 만회하지만 우리는 많은 것을 잃고 왜 좋은
  세상을 맞지 못하나.

고향집

고향집 가느라고 하늘을 나니
어젯밤 종일 내린 눈비가 산야를 뒤덮어
산등마다 칠해진 하얀 분칠과
계곡에 흐르는 샘물이 보인다

앙상한 바닥을 보이던 저수지에
눈 녹아 담긴 물이 찰랑인다

농부들은 올해 물 걱정 없이 농사지으며
시절이 좋아질 것 예상하면서
얼굴마다 깊이 파인 주름살 사라지고
편안한 마음이 여유 있어 보인다

우리 인간은 자연의 섭리로 웃고 우는
이리도 기구한 운명인가 보다

*우리가 사는 인간 세상은 자연으로부터 얻는 이익도 많지만 피해도 많다.

재벌

세상 어느 누가 황금만능의 삶을 누리느냐
젊은 시절 갖은 고난 다 겪으며
운 좋게 재력가 되어 세상에 이름나니
만인이 부럽게 여기네

가진 것만큼 세상에 베풀 줄 모르면
제 아무리 부자라 해도 무슨 소용 있으랴
세상에 빈틈없는 인생은 없기 마련이네

평소에 덕을 쌓지 못하면
잘못을 저지를 때 위로해 줄 자 없으니
세상에 불명예를 면한 길 없네

가진 자를 지나치게 부러워 마라
아무리 큰 재력가라도 베풀지 않는 자는
가난하지만 나누면서 사는 자보다 못하다네

*재물을 많이 가졌다고 자랑하지 마라. 가난한 자여, 재물에 울지 마라. 정직한 삶이
 더 위대한 것을 알아라.

자식 안은 젊은 여인

부모님의 배려로 훌륭하게 자라
뜻 맞은 청년과 결혼해
가정을 꾸리고 자식을 낳아
가슴에 안고 있는 모습 참 아름답구나

서로가 사랑으로 맺은 인연
믿음으로 마음속 깊이 간직하고
삶 속에 고난을 참아 가며 살아가는
그 진실한 마음 참 예쁘구나

진정한 사랑으로 결합해 얻은 귀한 자식
정성을 다해 기르겠다는 마음
환한 얼굴에 반사되어 행복해 보이네

어미로서 고운 마음으로 세상을 살아간다면
하늘에 계신 아버지가 만복을 줄 것이네
자식은 착한 어미 닮아 힘든 세상 잘 극복해
자신에게 주어진 책임 다하며 자라나네

*자식이 자랄 때 첫 번째 선생님은 부모이다.

뱃노래

어여차 어여차
만경창파에 배 띄워라
불어오는 바람이 고기 떼 몰고 온다
뱃전에 넓은 그물도 실어라

어여차 어여차
기회를 놓치지 말고 어서들 나가자
앞바다에 고기떼 몰려와 노니
갈매기도 따라서 소리 지르네

어여차 어여차
갈매기들이 지나가는 그곳에 그물을 쳐라
지난날 고기 없어 빈 배만 몰고 왔던
애타는 마음을 이제는 모두 잊고

만선에 깃발 달고 찰랑거리는 물살 헤쳐
가득 실은 고기를 바라보니
얼굴에 기쁨이 넘쳐나네

* 노력하며 때를 기다리는 자에게는 기회가 반드시 온다.

삶의 터전

산에 사는 산새야
우거진 숲과 계곡에 졸졸 흐르는 샘물이 좋고
이 나무 저 나무 먹이를 찾아 사는 맛이 좋아
산을 떠나지 않고 살아가니 아름답구나

들에 사는 들새야
넓은 평야 오곡이 가득한 자연의 향기 맡으며
추수 때 흩어진 곡식알 주워 먹고
사는 재미가 있겠구나

바닷가에 사는 바닷새야
확 트인 푸른 바다가 좋아
마음껏 훨훨 날며
그 터전에서 사는 모습 행복해 보이는구나

*세상에 살고 있는 생물들은 모두 삶의 터전이 있다. 그 터전이 마음에 들지 않는다면
세상을 살아갈 수 없을 것이다. 산새는 산에 살고 들새는 들에 살고 바닷새는 바다에
살 듯 우리가 사는 인간 세상의 터전 역시 마찬가지 아닌가. 도시에 사는 사람, 농촌
에 사는 사람, 산업 지대에 사는 사람. 각자 자신의 일을 하며 다양한 생활 터전에서
살아간다.

서울 남산

천만이 밀집해 사는 서울
한복판에 자리 잡은 남산
아담하고 신비로운 너의 위상
수많은 사람들이 삶의 애환을 갖고
너를 끊임없이 찾아간다

수많은 수목들을 너의 겉옷 삼고
사시사철 눈과 비바람에도
인상 한 번 구기지 않는 심산이 훌륭하다

잘난 사람 못난 사람 다 너를 애호하니
그 거룩함이 참 아름답다

인간은 좋으면
간과 쓸개를 내놓으며 탐욕스럽지
삶이 힘들어 너에게 애걸하는 자들에게
즉답하지 않고 묵묵히 수천만 년을 지켜온
그 자태 부럽기 한이 없도다

*인간은 어려움이 있을 때 참으려 하지 않고 함부로 발산하는 모순을 가졌다.

74

소생

모진 병 걸려 사경을 헤맬 때
하늘에 계신 하나님 아버지시여
마음의 통곡을 멈출 길 없어
기도하던 아내와 자식들

죽을 때 죽더라도
최선을 다해야 한다는 생각으로 견디니
극성부리던 암세포가 한계에 달했는가

힘없이 걷던 발걸음이 균형을 잡아 가네
하얗게 야윈 얼굴도 생기를 찾고
죽어 가는 가슴에 희망이 생기네

운명을 다할 때까지 모진 병 걸리지 않기를
돈과 명예에 울지 않고 선행하며 살기를

*어느 환자가 공원에 와서 운동을 하는 진지한 모습에서.

바다

푸른 색채를 띤 넓은 바다,
한없이 퍼내어도 줄지 않는 너
수많은 섬들을 옆에 끼고
천 년이고 만 년이고 살아도
고달프다는 기색 한 번 없는 대단함을 네게 배웠으면
인간이 수십만 톤의 짐을 배에 싣고 다녀도
인상 한 번 찌푸리지 않는 너를 닮아 갔으면
우리 사는 세상은 왜 이리 정답지 못하고
여기저기 안타까운 사고만 일어나는지
오늘도 네 잔잔한 지평선을
사나운 비바람이 괴롭히는구나
비바람 역시 마냥 널 괴롭히지 못하고
결국 자기 운명대로 사라지지 않는가
한없이 넓고 푸른 바다
언제보다도 늠름한 자태
우리 가슴의 답답함과 막힌 체증 뚫어 주는
그 모습이 고마울 따름이다

*인간은 사이좋게 살 수 있는 지혜가 있지만 그것을 제대로 발휘하지 못하는 것이 아
쉽다.

절망에서 희망으로

죽음의 사선을 뚫고

지난겨울 추위는 그 어느 때보다 혹독했다
지상에서 활기찼던 모든 생물들
혹독한 추위에 잎새와 줄기마저 앙상해졌다
그리고 죽음의 사경에서 헤맸다

뿌리마저 동상에 걸려 영원히 소생하지 못할까 했는데
지난주부터 기온이 영상으로 접어들었다

땅속 죽음에서 헤매던 모든 생명들은
눈보라로 다져진 땅이 녹으며 다시 일어났다
차가운 북풍들은 소리 없이 자취를 감추고
남풍과 따스한 햇살을 받아
진달래 가지마다 수액이 오른다

꽃봉오리가 벌어지니 벌과 나비 춤추며 날아든다
벚꽃이 봄바람에 훌훌 날고
겨울 동안 숨죽였던 하얀 목련도 조용히 피어난다
봄바람과 햇살은 우리에게 축복이다

＊모진 겨울을 이겨내면 만물이 다시 따스한 봄바람에 소생하듯이 우리 인생도 모진
  고난을 이겨 내면 새 인생의 길이 열릴 것이다.

매화

한겨울 혹독한 눈과 비바람에 시달리다
제 정신 차리기에 다급한 이른봄
메말라 죽기 일보 전 줄기마다 수액 채우기도 바빠
꽃망울은 언제 터뜨리나 했는데

꿀벌과 새가 찾아오기 전
따스한 봄 햇살 받아 새싹 틔우고
열매를 맺는 모습 대견하네

감나무 대추나무 밤나무
가을의 탐스러운 열매 자랑하는 나무보다
초여름 싱그러운 매실로 사람들 기쁘게 하네

가지마다 주렁주렁 알찬 열매들
탐스럽게 여기지 않을 자 없겠네

*세상 만물들은 자기의 처세로 세상을 살아가는데 사람에게 감명을 주는 것도 있고
  그렇지 않은 것들도 있다.

고독

사람 냄새 싫어서 혼자 살고 싶어
깊은 산골 인적 드문 곳에 정착하니
자연의 향기와 지저귀는 산새들과 마주한다

속세에서 싸우고 눈치보던 모습들
거침없이 나를 향한 비판들과 멀어지니
이제야 나를 찾을 수 있는 길 열린다

수많은 사람들은 헛된 욕심 때문에
자신을 잃고 제대로 살아가지 못하니
여기저기 먹이를 찾는 날짐승만 나무란다

보이는 목적지에만 주력하다 보니
삶에 대한 애착만 깊어져
날이 저무는지 모르니 안타깝다

*소란한 삶이 싫어서 깊은 산골을 찾는 마음. 편안한 세상과 마주하게 되면 자신의 모
 습을 돌아보게 되고 올바른 인생관을 정립하게 된다.

거미의 생존

사람이나 짐승이 잘 다니지 않는 길목
거미가 열심히 그물을 치고 있다
하늘을 활기차게 날아다니는 곤충들
자기가 거미줄에 걸려들고 있다는 것 모르고
아차 하는 순간 꼼짝달싹 못할 거미줄에 휘말리고 만다
거미는 줄에 걸린 곤충을 발로 꽉 감아
강한 이빨로 산산조각 내어
그 수액을 빨아먹는다
곤충들 껍데기만 달랑달랑 바람에 날린다

거미야, 네가 사는 모습 대단하구나
곤충 잡아먹어 영양을 보충하고 그물망도 만드는
너의 재주와 정성이 대단하구나
우리 인간도 세상을 살아가는 데
그런 재주 하나쯤 있었으면 하는 마음 간절하다
서로 시기하거나 질투하지 않고
너희들만의 방식대로 사는 모습 경이롭구나

*수많은 생명체들은 각자 먹고 사는 재주가 있다. 인간은 지혜를 갖고 살아가지만, 서
 로 시기하지 않고 싸우지 않는 거미의 모습이 부럽게 느껴진다.

나무

따가운 햇살이 사정없이 내리쬐면
풍족히 빗물 마신 나무들이 소화시켜
한 마디씩 쭉쭉 자라느라 정신없네

세상 물정 모르고 풍채만 키우는 나무들
언제 어디서 태풍이 불어올지 감지 못하는
그 신세 한없이 가엽게 보이네

뿌리에 관심 없이 키만 자란 나무들
북태평양에서 불어오는 태풍 견디지 못하고
일생을 다하는 모습 처량하네

키를 키우는 대신 뿌리를 튼튼히 하느라
세상 구설 다 들으며 천천히 자란 나무들
갑자기 불어오는 태풍에도 쓰러지지 않으니
그 정성 한없이 기특하네

* 빨리 자라는 나무들은 뿌리를 튼튼하게 하지 못해 태풍에 쉽게 넘어져 처량한 신세
  다. 우리 인생도 외모에만 관심을 두고 세상을 살 것이 아니라 내면에 좀 더 집중할
  필요가 있다.

뱃사공

물결이 심해 뱃사공의 노련한 기술 필요한 이때
지나온 과거 잘못이 많아 뱃사공 고르기 어렵네
계획된 길 험난하니 불안 떨칠 수 없고
여기저기 암초를 걱정하지 않을 수 없네

앞길에 고통이 따를 거라는 걸 알지만 말 못 하는 심정
대변해 줄 자 없으니 가슴만 태울 뿐
가는 뱃길 험난하다고 누구를 원망하랴
뱃사공 잘못 택했다 해도 어느 누가 책임질까

망망대해에서 얄궂은 괴변만 늘어놓고
달콤한 말들로 우리를 유혹하니
함께 타고 가는 사람들 운명 기구하기만 하네

누구나 알 수 있는 앞길인데
뱃사공의 잘못에도 거부하는 자 없으니
우리의 미래가 위태롭기만 하네

*사람이 하는 일 모두 옳을 수는 없지만 부정부패에 눈감고 국가의 이익에 피해를 주
 는 것은 적폐이다.

한반도

동방의 등불이여
힘든 역경 다 겪어도 사라지지 않는
오천 년 유구한 역사와 전통
칠천만 민족의 애환을 품고
오늘날 이 세상에 우뚝 서 숨 쉬고 있네

태평양으로부터 수많은 태풍이 한반도를 거치고
바이칼 호수에서 북풍이 사정없이 휩쓸어도
더 굳세게 이 세상 살아가고 있네

우리 민족이 강인할 수 있었던 것은
자연의 거센 바람에서
육체와 정신을 단련했기 때문이네

민족의 서러움 가슴 깊이 묻고
세상에게 저지른 잘못은 하루속히 사죄하고
세계의 평화 위해 사명을 다할 것 맹세하네

*지금 인류 세계의 이목이 한반도에 집중되어 있다. 과연 우리 민족이 세계 평화의 구
심점이 될 수 있을지 앞일을 예단하기 어렵다.

새싹

여름날 햇살에
손자는 할아버지와 공원에 나왔다

유모차에서 잠든 아이
금세 목이 말랐는지
시원한 물을 꿀꺽꿀꺽 마신다

할아버지는 이런 손자의 모습이 기특해
집안의 기둥이 되어라, 건강하게 자라라 하면서
아이 보는 다정한 눈빛 감출 수 없다

모든 생명이 운명을 다하게 되면
새로운 씨앗이 다음을 이어 주길 바라는 마음
사람이나 짐승이나 공중의 새나 다를 바 없겠지

따가운 여름 해가 서산에 저물고
시원한 저녁 바람이
공원 나뭇가지를 흔든다

*세상 만물은 자신의 운명을 다하게 되면 자기 대신 세상을 살아 줄 후대가 더 잘 살아
 주기를 바라게 된다.

여름

만물이 제철 만나는 풍성한 여름
겨울 동안 잃었던 기력 채우고
세상에 어느 것 하나 부럽지 않은 듯
힘자랑을 끝없이 하네

가지마다 꽃이 피었다 지고
왕성한 뿌리와 줄기, 잎들은
주렁주렁 달린 열매 키우느라
하루 해 저무는 줄 모르네

열매 먹고 사는 날짐승들
이 나무 저 나무 날아다니며
익은 것 없는지 정신없이 살피니
오늘이 언제 또 지났는지 하루를 잊고 사네

싱그러운 열매는 누구의 밥 될 것인지
자신의 운명도 모르면서 세월 보내네
잘나고 아름다운 열매 먼저 익으니
못나고 설익은 열매보다 일찍 떠나네

* 세상 만물은 여름에는 잃었던 기력을 되찾아 활기차게 자란다. 우리도 삶의 계절
  을 잘 감안해서 미리 대처하는 지혜로 어려움을 덜어 낼 수 있다.

군왕새

세상에 수많은 새들 중에
가장 우아하고 활기차며 즐겁게 사는 너
날개를 보나 덩치를 보나 수려한 자태로
수십만 킬로나 되는 바다를 거침없이 날아 사냥하며
세상을 사는 기교가 훌륭하구나

우리 사는 인간 세상은 왜 이리 애환이 많고
슬픔과 불안이 가득한지
이 모든 것을 너의 날개에 숨겨 저 멀리 깊은 바다로
가져다줄 수 있는 재간이 없겠니
내 말을 알아듣지 못하는 날짐승은
이런 고달픔과 슬픔을 알 길 없겠지
네가 사는 세상에서 한 치의 오차도 없이
넓은 바다를 활개치며 살아가니
우리가 사는 이 세상보다 더 행복할지 모르겠구나

우리도 스스로 고통을 해결하며 살아야겠지
사람의 말도 제대로 알아듣지 못하는 너에게
하소연하니 참으로 슬프기 짝이 없구나

*인간이 사는 세상에 너무나 많은 비정이 고쳐지지 않아 넓은 바다를 제패하며 사는
  새에게 하소연해 본다.

친구

추억의 그림자여, 영원하라
소년 시절 우리들은 집안이 가난하여
중학교를 마치고 상급학교 진학을 못 했네
중학교도 못 가 보고 독학하던 친구들도 있었지

낮에는 일하고 저녁마다 모여 꿈을 펼쳐 볼 길 없을까
서로 마음을 기대며 미래를 고민하던 시절
차가운 바람이 몰아치던 십 리 길 백사장을 거닐며
찰싹찰싹 파도 소리 듣고 추억의 소야곡 부르며
마음을 달래던 그때 그 시절

백사장 지날 때마다 파도가 발자국을 메워 주던 그날들
지금은 모두 어디에서 무엇을 하며 사는지
몇몇 친구들은 벌써 저세상 간 지 오래고
남은 친구 몇만 고향 근처에 살고 있다는 소식 들었네

고향 떠나 뿔뿔이 흩어져 사는 모습들 보고 싶네
언제 한번 다시 만나 어린 시절 추억하며
남은 인생 정답게 지내보았으면
친구들아, 오늘도 편안한 날이 되기를

*나이가 들어도 어린 시절 친구들이 그립다.

기러기

가을 하늘 기러기가 날개를 펴고
삼각 대열로 날아가는 모습
제일 앞의 기러기가 방향을 제시하고
대열에서 이탈하지 않기 위해 울음으로 신호하며
함께 날아가는 모습이 신기하네
한없이 넓은 하늘에서 목적지 찾아가는
그 모습이 참으로 아름답네

이 세상에 지혜로운 어떤 동물도
인간을 능가할 수 없으리라 장담하지만
저 하늘에 날아가는 날짐승보다 모자람이 많잖은가
그들은 높은 빌딩도, 하늘을 나는 비행기도
오대양 육대주를 오가는 선박도 없지만
한세상 싸우지 않고 저리 정다운데
우리는 왜 이리 싸우며 살아가고 있는지
무엇이 모자라 울음소리 그칠 줄 모르는지
남을 해하지 않고 세상을 산다면
모두 복을 받아 행복할 수 있을 텐데

*우리가 세상에서 정답게 살 수 있는 길은 선행에서 찾을 수 있다.

사랑의 다짐

간다 못 간다 망설이지 말고
갈 거라면 이 설움 다 가져가라
아니라면 지금까지 쌓아 올린 정성 더 쌓아야지
해는 서산에 기우는데 마냥 망설이고만 있을 것이냐

용단을 내려다오. 사나이답게 용기 있게
누가 세상에 올 때 정을 쌓아 가져왔나
살다 보면 남남끼리 마음을 나눠 만나고 또 만나
하나 둘 우정이 쌓여 사랑이 된 것이지

이제 누구도 말릴 수 없는 두터운 정이 쌓여
칼로 벨 수 없고 망치로 깰 수도 없으니
그리울 때마다 생각나는 그대
오솔길 지날 때마다 손잡아 주던 그대

사랑한다는 말 대신 두 손 잡고 한 줄기 넝쿨 되어
어려운 인생 살아온 모습 아름답구나
우리가 가는 길 눈보라 친들 어떠하리
두 손 놓지 않는다면 그 어떤 난관이 두려우리

*인생길이 험난하지만 부부가 합심한다면 어떤 난관도 두렵지 않다.

90

훈장

제복을 입은 가슴에 오색찬란한 훈장
존경스럽고 숭고한 마음 금할 길 없네
조국을 위해 전선에서 적탄에 죽는 자 많지만
구사일생으로 살아나 수많은 적을 물리친
그 공을 기리기 위해
국가에서 주는 훈장 아닌가

우리 모두 전쟁을 원치 않고 평화를 사랑하지만
무력으로 우리 땅을 침범해서
생명을 위협하는 적들을
저지하기 위한 어쩔 수 없는 전쟁에 대해
깊이 생각해 보지 않을 수 없네

어찌 자신의 생명에 애착이 없을 수 있겠는가
하지만 개인의 생명보다
국가를 위해 싸웠던 그들
조국을 위한 큰 업적에 감사하며
훈장을 수여하네

*훈장은 국가를 위해 공을 세운 자에게 수여하는 것으로 명예로운 상징이다.

촛불 기도

자식 낳아 살뜰히 보살피며 세상을 살지만
어느 때 불행이 닥쳐올지 마음 놓을 수 없어
남몰래 깊은 산속 홀로 찾아가는 어머니
산속 계곡 시원한 물에 목욕하고
가져간 보자기에 새 옷과 촛대 풀고
아늑한 바위 모서리에 자리 잡는다
하얀 창호지 펴고 생수 옆에 촛불 켠다
자식들의 안녕과 남편의 건강을 위한 기도
세상에 수많은 종교인들은 이를 가지고 비판한다
하나님을 빙자해 갖은 수다 다 떨면서
이토록 진지하게 정성 모아 기도하는 자 있는지
오늘도 각자의 욕심 때문인지, 아직 복을 받지 못해선지
도처에서 사람 죽이고 집을 불사르는
끔찍한 일들이 그칠 줄 모르네
남몰래 깊은 산 계곡에서 기도하는 어머니여
자식과 남편 위해서만 기도하지 마시고
인류 평화 위해서도 기도해 주시오

* 인류의 평화는 각자의 정성과 노력으로도 이뤄질 수 있다.

줄 타는 광대

줄 위에서 부채 하나 가지고 오만 묘술 보여 주니
너의 재주 참으로 신기하구나
두 발로 땅 위를 걷는 것도 힘겨운데
가느다란 줄 위에서 가슴 졸이는 재주 보이니
구경하는 관중은 한없이 즐겁네

가난한 사람들이여 세상 삶 어렵다 투정 마라
줄 타는 광대도 태어날 때부터 가져온 재주 아니다
이 세상 살면서 열심히 배운 것 아닌가
모든 설움과 수난을 겪어 가며 배워
우리의 간담을 서늘하게 하는 것 아닌가
우리도 이 세상에 살면서 그처럼 노력한다면
어떤 난관도 두렵지 않으리

원하는 목적이 이뤄지지 않는다
좌절할 것이 아니라
오늘도 노력하고 내일도 노력한다는
비장한 각오로 산다면
언젠가 원하는 바 소원성취하리라

*노력하는 자는 자신의 목적을 달성할 수 있지만 노력하지 않는 자는 그 어떤 목적도
 달성할 수 없다.

우정

정다웠던 젊은 시절의 우정
어려움에 직면하게 되면 가장 가슴 아팠던 시절
만나면 즐거움에 가슴 벅차고
보지 못하면 그리움으로 잊히지 않는
우리의 우정은 날이 가고 달이 가도 순수했네

한 치도 거짓 없는 진실한 표정
오늘도 하루는 저물어 가지만
우리의 우정은 두터워져만 가네

인정사정없는 냉정한 세상에서
식지 않고 잊히지 않는 우리 우정은
해지고 밤 지나 새 아침이 와도
그 정다움 더 깊어져만 가네

세찬 바람 불어도 눈 깜짝하지 않는 우리
앞으로 어디서 무엇을 하며 살지 몰라도
세상 다할 때까지 변치 말자는 마음 고맙기 한량없네

* 세상이 변해 가면서 이해득실에 따라 우정도 많은 변화를 가져오지만 진정한 우정은
  어떤 환경에서도 변치 않는다.

운명의 소망

좁쌀 같은 작은 씨앗 세상에 뿌려졌네
이글거리는 태양의 열기에
타 죽지 않고 물을 기다리니
분에 넘치는 소나기
삽시간에 강둑이 넘쳐나네

세상 살아갈 길 영원히 좌절될까
이 세상 그 어느 천박한 곳이라도 좋으니
다만 머물게만 해 주었으면

거룩한 천지신명이시여
나를 넓은 바다로 실려 나가지 못하게 하소서
소금 가득 섞인 바다는 싫어
내가 세상에 살아남길 원하니
수많은 생물들이 가지를 휘어 주고
뿌리도 뻗어 감싸 주네

그늘진 어느 강둑의 나무뿌리
나를 안아 감싸 주는 덕택에
오늘도 이 세상에 살아남았네

*인생의 길이 험난해도 노력하는 자는 살 길이 열린다.

침묵을 깨다

가슴에 꽉 찬 어두움
좀처럼 빛이 들어오지 않는 적막감
이 세상은 무엇이며 또 저 세상은 무엇일까
언젠가 장막이 걷힐 때 빛이 들어오지 않을까

마음에 정해져 있는 길을
누구에게 더 물어보아야 하나
아무리 배움이 깊어도 제대로 실천해 보지 못한다면
모든 배움은 그저 헛수고네

닫힌 가슴을 열고
타인과 나의 삶을 가슴에 담아 보자
이것저것 남의 삶을 다 담아 보아도 소용없네
나의 진실한 삶을 더 많이 담는 것이 소중할 뿐

세상 사람들에게 닫힌 마음 열라 외치지 말고
내 마음부터 열어
어려운 삶에 지쳐 있는 자들에게
나부터 베풀며 살아야 이 세상 바로 세울 수 있네

*세상에는 베푸는 자가 적고 베푸는 것을 원하는 자는 많으니 분위기가 삭막하다.

슬픔이여, 안녕

고독이여 사라져라
네가 여기서 떠나지 않는다면
내 가슴에 쌓인 괴로움 씻을 길 없다
봄에 피는 장미의 아름다움 무엇으로 표현할까
달이 서쪽으로 기우니 바람마저 불어온다
심술궂은 먹구름은 자취를 감추는데
좀처럼 물러설 기미 보이지 않는 슬픔의 고독은
언제 내 마음에서 사라질까

고독의 괴로움 실어 갈 뱃사공이 있는
선창가로 찾아가 여기저기 살펴보니
가득 실린 못난 것들
깊은 바다로 실어 가
수장시킬 것들만 배에 가득 실렸네
아무리 살펴도 뱃사공은 보이지 않고 배만 둥실거리네
주막에 술 취한 뱃사공
같이 갈 뱃사람 기다리느라 부두를 떠나지 못하네

*세상이 어지러우니 고독과 슬픔이 산과 같이 쌓이고 이를 말끔히 정리해야 할 관리
  마저 정신을 차리지 못한다.

마음의 징검다리

사람 사는 곳엔 정다움도 있지만 괴로움도 있네
서로 마주보는 이웃과 이웃 사이에
마음의 징검다리 놓이지 않아
아쉬움이 가슴을 스쳐 가네

마음의 저울질을 삼가자
한세상 잘살아보려고
한동네 자리 잡고 사는 모습들
겉모양으로 사람을 차별하지 말았으면

서로의 고운 마음과 진실함으로
이웃 간에 다리 놓아 정다운 인연 맺자

서로 너그러운 마음으로 이해한다면
애써 놓은 마음의 징검다리
이 세상 다할 때까지 무너지지 않으리

언젠가 이 마을 앞마당에
향기 좋은 꽃들 피어나리

*이웃끼리 살면서 마음을 좀처럼 열지 않아 인간의 삶에 정다움이 없는 안타까움.

승려

험준한 깊은 산골에서 아침 일찍 일어나
목탁 치며 불경 외는 승려
인간의 참뜻 제대로 깨달으려
말하지 않아도 자기 소임 다하는 그대

외롭고 쓸쓸할 때 문 열고 나와
바깥세상 둘러보아도 참된 인간 만나지 못해
계곡에 흐르는 물소리, 구슬피 우는 산새들
이름 모르는 꽃들의 향기에 취하니 누가 막으려나

절 찾아드는 신도들에게 정성을 다해
부처님 앞에서 소원 빌어 주니
그 고마운 두 손 합장해 인사받으며 정을 느끼네

세상 물정 잊고 산속에서 보람 느끼고
지나온 세월 돌이켜보니 어느새 노승 되어
여기서 떠날 생각 잊어만 가네

*고독한 인생길 한세상 참뜻을 품고 인생을 살아보려고 정성을 다하는 모습이 참 존
  경스럽다.

저세상

부모는 먼저 삶을 다하고 저세상으로 떠나가네
슬프고 애달픈 마음 금할 길 없네
살아생전 좀 더 선하게 살지 못함 마음에 걸려
자식으로서 마지막 부모 말씀 어찌 거절하리

오늘도 이 세상에 수많은 젊은이들
부모의 거룩한 말씀 고이 간직하면서 살아가고 있는지
그 말씀 제대로 귀담아듣지 못한다면
제대로 사람의 구실을 못 하는 것이리

무엇을 먹고 입는지가 중요한 것 아니네
어떻게 해야 선하게 살아갈 수 있는지 생각해야 하리

자식이 나보다 더 나은 사람으로 살아가는 것
세상을 떠나는 부모의 마지막 소망이리

*세상의 삶이 어렵더라도 선행하며 살아야만 사람 된 도리를 다할 수 있다. 아무리 좋
은 음식 좋은 옷을 입고 살아도 선행하지 않는다면 사람의 도리를 다하고 한세상 살
았다고 볼 수 없다.

과실

새봄 기운에 가지마다 수액이 차오르니
새 눈 싹터 잎사귀 퍼지고 꽃망울 터지네
이름 모를 작은 새들 봄 햇살 받아
이 가지 저 가지 같은 멜로디 지저귀며
새 둥지 짓느라 정신없이 날뛰네

제 아무리 고집쟁이라도 자연의 흐름 거역 말고
순응하고 활용하면 삶의 질도 향상되고
어려운 고비도 넘기게 되네

천진한 우리 농부 농사일에 전념하니
싱싱하게 자라나는 열매와 올가을 푸짐한 추수에
감사함을 어찌 다 표현하리

오늘도 익어 가는 열매를 쳐다보며
가을 추수의 풍요로움에 마냥 즐겁네

*인간이나 짐승이나 자연이 주는 기회를 놓치지 않고 잘 적응하고 대처해야 삶의 어
  려움을 무사히 넘길 수 있다. 자연의 순리를 거역하는 자는 세상의 고통을 면하기 어
  렵다.

목욕탕

몸과 마음 무거워 아침 일찍 목욕탕에 가네
이발하는 사람들, 몸을 씻는 사람들
무거운 몸과 마음 새롭게 하니 기분이 좋구나

세상살이 여러 가지 난제 해결하느라 피곤하기 그지없네
무거운 짐들 깨끗이 씻어 내고 피곤한 몸을 잠재우니
험난한 인생길 헤쳐 나가기 더없이 좋구나

어려운 인생길 언제나 새로운 마음가짐 필요하네
오늘은 그 어떤 난제도 잘 처리할 수 있을 듯
한결 몸과 마음이 가볍구나

앞으로 고단한 인생길 걸어가려면
수많은 일들이 내 앞을 가로막겠지만
몸과 마음을 새롭게 단장하니
고난의 길 가더라도 두렵지 않겠네

* 어려운 인생길을 하소연할 길이 없을 때 몸을 청결히 하며 고통스러움을 씻어 내고
  새 마음을 가지면 기분이 좋아지는 계기가 된다.

수놓는 처녀

가슴속에 묻어 둔 고운 마음
혼자 간직하기 너무 아쉬워
맞이할 임을 위해 그리움 수놓아 보네

내 임은 언제 오실는지
세월은 나를 위해 기다려 주지 않으니
거침없이 지나가는 날들이 무정하네

오시려면 망설임 없이 와 나를 달래 주시지
가슴에 푹 파인 골로 하염없이 흐르는 눈물
그 누가 달려와서 닦아 주려나

임을 바라는 마음도 조금씩 지쳐 가네
함께할 집도 정원도 아름다운 꽃들도
이제 거의 다 수놓아 가는데
내 임은 아직도 소식이 없네

*수를 놓으며 애타게 임을 기다리는 여인의 마음을 표현한 장면.

개

사람과 언제부터 친해져
같이 사는지 알 길 없구나
세상 동물 중 가장 영리하게 집을 지키며
주인에게 밥 얻어먹고 사는 모습이 신기하네

식구를 알아차리고
꼬리 흔들어 반갑게 맞아 주니
사람들도 그 처세술 배우지 않을 수 없네

먹고 사는 일 크게 신경쓰지 않아도
주인집 하나 잘 지키면
별 걱정 없이 지내니

너만큼 세상 사는 재주를 가진 동물
또 어디 있으랴

*비록 짐승이지만 사람과 친해져 같이 사는 모습이 영리하고 지혜로워 보인다.

세월

흘러가는 세월 속에
소리 없이 내 마음 실어 보내네
말없이 쌓여 가던 마음의 거북한 정체들

분출할 기회 찾지 못하고 망설이는데
때마침 세차게 부는 북풍 맞으니
저 멀리 태평양으로 날려 보내리

못다 보낸 잔재가 남아 있다면
세찬 바람과 함께 내린 장대비에 깨끗이 씻어
마음을 청결히 하리
오솔길 걸으며 정겨운 담소로
새 삶을 여는 데 정성을 다해 보네

어두웠던 하늘의 먹구름 봄바람에 자취 감추네
이름 모를 꽃향기에 취해 산등에 오르니
멀고 먼 바다가 나의 마음 활짝 열어 주네

* 흐르는 세월을 막아 줄 자 없고 자기의 인생을 대신 살아 줄 자도 없다. 스스로 인생
  을 개척하고 좋은 동반자를 맞이하기 위해 깨끗한 마음가짐을 갖는 것이 절실하구
  나.

우정

세월은 가면 갈수록 우리를 버릴 수 있지만
우리가 먼저 떠난다고 우정마저 버릴 순 없잖아
긴 세월을 통해 맺은 따뜻한 우정
세상 다른 것들은 세월 가면 사라져 버리지만
우리들의 우정은 더 두텁게 다져지네

아름답고 티 없었던 어린 우리
세월을 지내며 차곡차곡 여기까지 왔네
다툼 한번 없었던 건 아니지만
용서와 관용으로 서로를 다독이며 살아왔네

험난한 일 있어도 피하지 않고 함께 걸었지
한번 맺어진 우정만큼은 절대 버릴 수 없었지
어떤 바람이 불어와도
서로를 가슴 깊이 간직하며 살아보세

*세월이 지나 쓸모없어지면 버리고, 흥미롭지 못하면 잊히기 마련인데 친구의 우정은
  어떤 상황에서도 잊을 수가 없구나.

지구에 사는 사람들

아침 햇살이 넓은 광야를 끊임없이 비추네
농부들은 파종하느라
숨 고를 여유마저 없네

어부들은 바다에 나가 밤새도록 잡은 고기
배에 가득 싣고 항구로 달려오네
직장에 출근하느라 도로마다 꽉 찬 자동차 행렬
삶의 길이 거룩하고 신기하네

열심히 사는 사람들에겐 빌기도 전에
하늘의 하나님이 알아서 복 주시네

앞을 보고 자신의 일 착실히 하는 자
사회에서도 가정에서도 인정받아
활기찬 인생길 마냥 행복해지네

*사람마다 사는 곳도 직업도 다르지만 자신이 맡은 일을 열심히 하다 보면 길이 넓어
 지고 보람이 생기며 가족에게도 행복을 가져다주게 된다.

실향민

고향 떠날 땐 이팔청춘이었지
마음의 그리움 눈물로 지샌 지 반평생
생각하면 할수록 기막힌 사연들
그 오랜 시간 찾아가지 못한 고향 땅

어쩌다 이런 운명에서 살아야 하는 신세인지
누구를 원망하랴 아무리 애원해 봐야 소용없는 것
부모 형제 두고 피란길 나선 지 엊그제 같은데
내 인생도 다 가고 저승길 멀지 않네

사랑하는 고향 친구들은 오늘도 겨울 천에 나가
횃불 들고 고기 잡으며 살고 있는지
쫓아가 거들지 못해도 마음속에 추억만은
깊이 간직하며 살고 있네

휴전선 철조망은 언제 걷을 수 있을지
가고 싶은 고향 땅 갈 수만 있다면
밤새 며칠을 걷더라도 좋으련만

*같은 민족이면서 정치적 이념 때문에 남북이 나뉘고 치열한 전쟁으로 죄 없이 희생
 당한 한민족의 문제가 너무 뼈저리게 안타깝다.

나는 울지 않으리

모진 눈과 비바람 맞으며
수십 번 혹독한 겨울의 시련 겪어 가며
오늘까지 견디어 살아왔네
나의 인생이 초봄부터 소생할 차비를 하고
죽어 가던 동맥마다 힘차게 뛰는구나

철없이 굴었던 지난 젊은 시절
아까운 시간들을 보람 없이 보낸 것이
지금에야 깨달아져 후회가 되네

두 번 다시 오지 않을 이 시간들을 잘 활용해
더 이상 후회 없는 인생길 걸어 보았으면
지금의 내 인생은 제 궤도를 찾아 내달리지만
얼마나 더 갈 수 있을 것인지

젊은 시절 시간을 낭비하지 않았다면
지금쯤 멋진 금자탑 쌓아 올렸을까
비록 조금 늦었어도 남은 인생이나마
제대로 달려간다면 그나마 다행일 것이네

*젊은 시절 누구나 정신적인 괴리로 인해 방황하기 마련이다. 그러나 얼마나 그것을
 빨리 깨닫고 제 궤도로 돌아오느냐에 따라 인생의 승부가 달려 있다.

진실

태양이 사정없이 내리쬐는 초여름 가뭄
수개월 지속되니 지상에 물 얻을 자 늘어나고
애타게 기다리다 힘 약한 자들은 메말라 죽어 가네

농부들이 정성껏 심어 놓은 농작물들
비가 없어 논밭이 쩍쩍 갈라지니
힘없이 타 죽어 가는 모습 참으로 애처롭네

저 멀리 뭉게구름 피어나니 반기는 자 많았는데
며칠 뒤 사라지고 먹구름 치솟으니
반기는 자 많지 않네
하지만 농부를 위로해 줄 먹구름 반갑고 고맙네

심술궂은 먹구름
농부가 고대하는 비를 갖고 있으니
지금은 뭉게구름보다 더 기다려지네

*사람이나 사물이나 겉모습만 보고 속단하지 말고 깊은 내면을 보았으면 좋겠구나.

소생의 길

숨이 꺼져 가는 그대에게
영원히 소생할 길이 없는지
아직도 인생길 많이 남아 있는데
어찌하여 그리 일어나질 못하는가
그 연유 알 길 없지만
최선 다하는 것이 마지막 방법일세

인생은 누구든 한 번 오면
다시 떠나야 하는 것
한 번밖에 없는 삶을 아무렇게나 보낼 수 없으니
살아 있는 동안
자신의 건강을 잘 보살피는 데
좀 더 집중하면 좋겠네

세상의 무슨 일이든 관심을 갖고
미리 대처해 나가는 것이 중요하네
그래야 불행을 사전에 막을 수 있네

*인생은 누구에게나 우환이 있기 마련이다. 그런 불행을 사전에 미리 대비하는 자는
 불행에 직면해도 쉽게 대처해 나갈 수 있다.

젖소

세상에는 수없이 많은 짐승들이 살고 있지만
젖소만큼 인간에게 도움 주는 동물도 그리 많지 않네
네가 가지고 있는 젖은 보기에 그리 아름답지 않아도
자기 자식을 먹여 살리기도 바쁜데
인간이 먹고 살 우유를 공급해 주니
그 고마움 헤아릴 길이 없네

생김새는 느리고 미련해 보이지만
네가 가진 심산은 어느 짐승들보다 넓고 깊구나
젖소야, 네가 세상에 짐승으로 태어난 것이 몹시 안타깝다
차라리 너처럼 고운 심산을 가진 인간으로 태어났더라면
오죽 좋았을까
너는 짐승으로 태어났으니 짐승으로 세상을 살아야 하고
우리는 인간으로 태어났으니 인간으로 살아야 하겠지만
너의 넓고 깊은 마음의 배려심 참으로 탐나는구나

오늘도 이 세상의 수많은 아기들에게
우유를 공급해 주는 고마움 잊을 수 없네

*비록 우리는 이성적이고 지혜로운 인간으로 태어났지만 그 어느 면에서는 소보다 못
 한 자 없지 않다.

독수리

세상 날짐승 중 가장 용맹하고 날렵한 너의 모습
매서운 두 눈과 부리 그리고 강한 발톱으로
너보다 약한 것들을 잡아먹는 데
전념할 것이 아니라
인간 세상에 악한 마음 가지고
선한 자 괴롭히는 자들 낚아채 주었으면

하나님은 이 세상에 매일같이
밝은 빛을 주시지만
악한 자들 줄지 않고 늘어만 가니
세상 사는 꼴이 너희들에게 조롱받을 만하네

어느 때든 너희들이
인간 세상의 선한 자들을 도와
좋은 세상 이뤄져 한세상 잘살아 보았으면
아무런 여한이 없겠네

*인간은 스스로가 세상 만물을 지배하는 만물의 영장이라고 생각하지만 개중에 악한
 자들이 발생하여 스스로 행복을 느끼지 못하니 선한 사람들의 심정을 말할 곳이 없
 어 독수리에게 하소연한다.

베푸는 마음

세상의 삶이 어렵다고들 하지만
그래도 한구석에는 온정이 있기 마련
우리 사회에 그런 배려 없다면
공동 사회 생활이 무슨 의미 있을까

내일 이 세상에 어떤 바람 불어올지 몰라도
우리는 이성을 갖고 세상에 태어난 이상
가난한 자를 불쌍히 여기고
잘못 저지른 자를 미워할 수만은 없다

이 세상에서 많이 가졌다고 자랑만 하며
세월을 보낼 것이 아니라 베풀고 살았으면
베풀지 않고 존경받는다는 것은 있을 수 없는 일
많이 가진 자만이 베풀어야 한다는 생각 버리고
주어진 형편에 따라
적게 가졌으면 적게라도
베푸는 성의가 있었으면

* 가난한 자라고 울고만 있지 말고 가난에서 빨리 벗어나기 위해 열심히 노력한다면
사람이 아니더라도 하늘이 도우리라. 애쓰고 노력하지 않는 자는 죽을 때까지 가난
을 면하지 못하리.

앵무새

새 중에 가장 사람의 말귀를 잘 알아듣는
너의 모습이 참으로 신기하네
무슨 이유로 사람 곁에 사는지 몰라도
새들 중 두뇌가 탁월하다는 것을 알 수 있지

사람과 공유하는 너의 삶에도 이점이 있겠지만
사람 역시 너와 지내며
외로움과 지루함이 사라지니
앵무새가 친구보다 못하지 않구나

네가 사람과 더욱 다정하게 지내려면
사람의 말 중에 좋은 말을 많이 익혀야겠지
수시로 우리의 맘을 대변해 준다면 참으로 좋겠네

네가 세상에 날짐승으로 태어난 것이 안타깝구나
사람과 친해져 살아가는 네 재주도 대단하고
사람 역시 너와 벗 삼아
살아가는 모습이 즐거워 보이네

*사람도 다른 동물과 다정한 유대관계를 맺는다면 더 즐겁고 행복할 수 있다.

두고 온 고향

전쟁의 포화 속에서 견디지 못해
정들어 살던 고향집 두고 떠날 때
수십 번 뒤돌아보며 눈물 흘리던 심정
지금까지도 이루 말할 수 없네

머지않아 다시 찾아가리라 다짐했지만
고향집 떠나온 지 벌써 수십 년
젊은 시절 다니던 고향 길 이젠 마음에도 잊히어
어디가 어딘지 분간할 수 없이 아련하기만 하네

내가 태어난 우리 집 떠날 즈음
심한 포화에 사라지진 않았는지
옆집에 살던 친구들 모두 다 흩어져
살았는지 죽었는지 애달프기 그지없네

하루속히 한 맺힌 휴전선이 사라졌으면
수천만 번 기도하고 애원해도 가로막힌 철조망
걷어치울 자 없으니
가슴속 맺힌 한 풀어지지 않네

*한민족의 분단으로 못 가 보는 고향. 피란 때 다시 돌아가겠다던 그 각오마저 사라져
가는 것이 너무 애처롭구나.

고달픈 삶

가난해 어릴 적부터 등에 짊어진 무거운 짐
그 짐들 나르느라 이마에 흐르는 땀 온 얼굴 적시네
누가 해라 마라 하기 전에 나의 운명이
그 길로 인도하니 어쩔 도리가 없네

굳은 의지로 온 마음 다잡고
어깨의 짐 무겁든 가볍든 개의치 않고
내가 가야 할 길
열심히 걸어야 한다는 마음의 약속

불평 없이 일하던 어린 시절 내 모습
누군가 애처롭게 생각해 줬을까
일하지 않으면 삶이 무너지고 말 것이라
괴로워도 참고 견디며 한 발 두 발 걸어왔네

정직한 삶은 앞날에 빛을 보지만
적당히 사는 삶은 매일이 불안하고
먼 훗날 더 무거운 짐마저 짊어지게 되겠지

*주어진 환경을 거역하기보다 삶의 의지를 굳건히 하고 눈앞의 고난을 극복하면 희망
 을 갖게 될 것이다.

내 고향 울산

우리나라 제일의 공업 도시 울산
내 고향 찾아 모처럼 전망대에 오르니
길쭉한 울산만 곳곳에 외국으로 보낼 짐들 싣느라
근로자들 눈코 뜰 새 없이 바쁘네
건너편 즐비한 공장들, 하늘 높이 치솟아 오른 굴뚝들
우리 민족의 위대함과 미래를 상징하고 있네
엊그제만 해도 허허 벌판이었던 곳에
저 많은 공장들 빈틈없이 메워져
꿈과 같은 현실이 눈앞에 있네
하루 수천 대씩 제작되어 나오는 자동차들
미국 유럽 남미 아시아로 팔려 나가는 상품들
그 공장들 옆으로 늘어선 화학공단
누가 우리 민족 얕잡아볼 것인가
해마다 수십억 불 매상으로 수출의 일맥 담당하네
오늘도 고공 크레인은 쉴 새 없이 움직이니
그 모습 참으로 활기차고 믿음직하네
내 고향 울산이여,
쉬지 말고 발전하여 인류의 삶에 희망의 초석되고
어렵고 가난한 나라 많이 원조하여
세계 안전과 평화에 크게 기여하기를

*고향의 발전이 고맙고 자랑스럽다.

절망에서 희망으로

내 마음 바람 부는 구름 속으로 잘도 가네
잘살아 보자는 굳은 의지 사그라지지 않았지만
나의 길 인도해 줄 자 누구 없을까
혼자 살아가는 인생길이니
기초를 다지는 데 정성을 다해야지
저 해는 말없이 언제나 동에서 서쪽으로 지는데
우리 인생은 어디에 기점을 삼아 출발해야 좋을지
감을 제대로 잡지 못하는 안타까운 모습들
지혜를 발휘해 열심히 노력하여 삶의 기초 잡을 대안을 찾아
절망을 헤쳐 나오니 기쁘기 한량없네
좋은 삶의 초석 이뤄 낼 기회 얻었어도
꾸준히 노력하고 애쓰지 않는다면
절망이 사라지게 할 방법 없으리니
허망한 마음속의 잡초들 모두 걷고
알 수 없는 고행이 따르더라도 참고 견뎌야 하네
그렇게 가다 보면 무거웠던 고통 선행에 제압되어
자라나는 새 삶의 새싹들 꽃피울 때 있으리니
인생을 살다 보면 누구에게나 절망도 희망도 있는 법
서러웠던 시절 가고 아침 햇살 같은 희망 채워지리

*인생에는 수많은 고행이 따르기 마련이다. 이에 좌절하지 않고 자신의 인생길을 개
  척하는 데 애쓰고 노력하면 길이 열릴 것이다.

영생의 길

죽음의 늪으로 말없이 끌려 들어가는 내 영혼이여
언제 소생의 기회 얻을 수 있을는지
애타게 기다리는 영생의 길
막힌 장벽 없는데 왜 이리도 오지 않을까

마음의 대문 활짝 열고 기다리지만
그가 타고 올 역마차 준비돼 있지 않으니
가고 싶은 그곳에 가지 못한 채
허공을 헤매는 안타까움 누가 대변해 줄까

사람들은 수많은 세월 동안 생각에 지쳐
원망을 자제 못 하고 남발하네
와 주기를 애원하며 갈망하면서
강 건너 올 다리마저 놓고 있질 않으니
소생의 영생 길 정거장에 도달할 수 없네

*사람들은 세상을 살아가면서 복을 얻고자 갈망한다. 하지만 복을 얻기 위한 노고에
는 별 생각이 없으니 어찌 원하는 바가 제대로 이뤄질 수 있으랴.

백암

산봉우리가 형제처럼 수천만 년 변치 않고
제자리를 지키니 고맙구나
네가 인간의 마음을 조금이라도 물들였더라면
이 세상에 이런 간사함 없었으리라

오늘날까지 변치 않고 있는 그 모습
믿음직한 자태가 정말 훌륭하구나

비록 인간이 너와 같이 오랜 세월 동안
문명을 지속할 수는 없겠지만
이 세상 만물 중 가장 지혜롭지 않은가

우리가 스스로 어떻게 살아야만
인간의 도리를 다하며
자손만대까지 이어 갈 수 있을까

*경북 평해에 있는 백암에 가서 휴양을 하며 그 주위에 있는 산봉우리의 웅장함에 감
  동을 받아 몇 자 적었다.

청춘은 가네

달이 가고 구름 떠가는 세월 속에
우리 인생도 휩쓸려 가는구나
한세상 살아가는 동안 무엇을 해야만
제대로 된 인생을 산다 할 수 있을까

누구에게 가르침 받고 행하는 것보다
스스로 깨달아 행하며 사는 것이
제대로 된 인생살이 아닐까
죽음에 대한 망설임 자제하고
마음속의 선함을 실천하는 것 말고
다른 이상적인 대안 없으리

인간이 가장 위대하다 하지만
자연과 더불어 사는 것 피할 수 없네
다 같이 공생하며 사는 것이
모두에게 더 이로운 일이겠지
지나치게 자신들의 이해관계에 얽매이지 말고
진정한 삶의 가치 찾으며 살아야 하리

*세상은 각자의 이해득실로 잠잠할 날이 없으니 안타깝다.

후포항

깊은 산골짜기 백암에서 구불거리는 산길 따라
후포항으로 가는 작은 버스에 몸을 싣는다
구비구비 산골마다 집들이 보이네
산새가 빼어나니 경치가 더없이 좋네
시원한 계곡물 오염 하나 없이 깨끗한 모습
사람들은 울창한 나무와 계곡이 좋아 여기에 사는 걸까
버스 창가로 내다보니 넘실거리는 동해의 파도
백사장에 쉴 새 없이 넘실거리네
하얀 모래를 하루에 수천만 번 씻어 내니
모래알이 햇빛을 받아 더욱 빛나네

항구에 도달하니 활기찬 모습 어디로 가고
정박되어 있는 배들만 남았네
고기 잡아 오는 배들은 보이지 않고
어선에 어부마저 없으니
띄엄띄엄 보이는 사람들 발걸음마저
힘이 없어 보이네

*몇 십 년 전 후포항에 6개월 정도 머문 적이 있었다. 그때는 작아도 활기찬 모습이었
 는데 지금은 항구가 확장되었음에도 드나드는 어선이 없어 사람들의 모습이 쓸쓸해
 보인다.

삶의 고동 소리

사람들은 각자의 생존을 위해
부지런하고자 하는 마음 부족하네
하늘에서 주는 복 기다리느니
스스로 노력해서 얻는 복 더 가치 있으리

건강한 육체를 가졌다면
다른 사람의 힘 빌리지 말고
바른 마음 단련하는 데 정신 집중한다면
어려운 고난 극복되고 좋은 시절 얻게 되리

어느 누가 처음부터 세상에 풍요로운 삶 가져왔나
부지런히 살다 보면 자신도 모르는 사이
세월이 해결해 주고
스스로 운명을 개척하게 되네

활기찬 젊은 시절 자신의 일에 주력하지 않고
세상일에 관심 갖다 보면 기회를 놓치고 마네
탄식하며 원망한들 무슨 소용 있을까

*사람들은 각자 주어진 자신의 삶과 운명을 개척하는 데 최선을 다해야 한다. 그러지
 못하고 기회를 놓치면 세상을 원망한들 아무런 소용이 없다.

달리는 인생길

일하지 않으면 얻을 것 없고
열심히 노력한 자는 암울한 처지가 변해
서서히 밝은 모습 드러나니 한없이 기쁘네
노력하는 자에게는 행운이 따르지만
그렇지 않은 자는 비운의 길 면하기 어렵네

세상에 진리가 따로 있나
각자 선한 생각 가지고 실천하며 사는 것이 진리이지
아무리 많은 가르침 받고 지식이 많아도
진리가 멀리 있는 것처럼 말한다면 잘못이네
우리는 넓고 먼 세상 한없이 달려가지만
누구에게나 한계가 있기 마련
원대한 꿈을 갖고 있어도 스스로 한계 만들고
자신의 능력 읽으며 세상을 살아야 하네

자신을 제대로 제어하지 못한다면
한없이 달리다 결국 낭떠러지에 떨어지네
세상 사는 일 간섭할 자 없으니
현명하게 자신을 관리하며 살아야 하네

＊세상 사는 일 쉽다고 자만하지 말고 어렵다고 낙심하지 말아야 한다. 자신을 잘 관리
　하며 산다면 어둠을 뚫고 빛을 보게 될 것이다.

꼬부랑 할머니

인생길 멀고도 짧네
동네 공원에 나가면 언제나 반겨 주시던 꼬부랑 할머니
젊은 시절 고왔던 얼굴 다 어디로 가고
주름이 깊어만 가네

집필한 책들을 정자에 놓아두고 운동하는 사이
책 제목 ≪새로운 세상을 여는 인간의 진리≫를 보시더니
이 책 어디 가면 살 수 있느냐 물으시기에
어느 서점에도 없으니 가져가 보시라고 했네

다음 날 다시 공원에서 만나니 내용이 좋다며
책값보다 넉넉한 돈을 건네시네
선생 같은 분이 세상에 많았으면 좋겠다 하시면서…

그 돈을 거절하니 기어코 손에 쥐여 주시네
책의 수입을 어려운 학생들 위해
장학금으로 쓴다는 책의 서문을 이유로…

* 꼬부랑 할머니께서 공원에 보이지 않아 주변 분들께 근황을 여쭈니 몇 주 전 세상을
떠났다고 하기에 마음의 안타까움을 금할 길이 없었다. 무사히 하늘나라 가시길 기
도드리며.

비와 바람

갈증이 심한 이 메마른 땅에 비 내리네
목말라 애타게 비 기다리던 지상의 만물
타 죽기 일보 직전에 생명 구했네

물은 비구름으로 얻어지는 소중한 것
비구름 좌지우지하는 바람은
묘술을 가진 자연의 특수한 존재
어느 때는 심한 폭풍우 몰고 와
아름다운 삶 파산시키는 심술궂은 장난꾼
세상 만물의 삶에 있어야 좋을지 없어야 좋을지
가늠하기 어려운 존재네

만물은 물을 얻지 못하면 살기 어려운 법
눈비 몰고 와 큰 피해를 주긴 하지만
참고 살아야 하는 것이 만물의 운명 아닌가
인간이나 세상 만물 창조하신 조물주께서
각자 특수한 자질 부여해 세상에 보내셨겠지
그렇다면 조물주께 묻기 전에
스스로 깨달으며 살아가야 하는 것이 세상의 진리로다

*만물들이 살아가는 데 물은 반드시 필요하지만 피해를 주기도 한다. 미리 예측하고
  지혜롭게 대처해야 한다.

마음의 고향

가슴에 깊숙한 수풀 헤치며 찾아가는 꽃동네
이젠 잘 가꿔져 있겠지
뻐꾸기 찾아와 정든 노래 불러 주고
벌과 나비 춤추며 찾아드는 마음의 동네

살던 곳 싫증나면 가고 싶어지는 곳
멀고 험한 길이지만 가야만 생명수 마실 수 있지
보람 없는 나날 보내느니
가다가 죽는 한 있어도 시도해 봐야지

용기 없이 주저앉는 것보다 낫겠지
좋은 길이 앉아서 기다린다고 오나
노력해도 올 듯 말 듯 한 길인데

어리석은 자 새로운 인생길 열지 못하고
주야로 노력하는 자
생명수 마실 곳 찾아내네

*사는 길이 험난해도 애쓰고 노력하는 자는 복을 얻지만 노력하지 않는 자는 아무리
  재주가 있어도 복을 얻기 어렵다.

정거장

예전엔 기차가 떠나면 떠난다고
들어오면 들어온다 소리를 쳐댔지만
지금은 소리 없이 사뿐히 머물다
사뿐히 또 바쁘게 떠나간다

광음을 닮아 가는 현실
우리 인생도 조류에 따라
바삐 움직이지 않으면
살아남기 어렵다

세월에 잘 적응하면
고난을 피할 수 있지만
희생을 피하려고만 한다면
손에 가진 것도 내놓아야 할지 모른다

*시대는 빠른 속도로 고도화되어 가는데 우리가 민첩하게 대처하지 않으면 살아가기
 힘들다. 이익을 추구하는 데 있어서 큰 희생이 따른다면 그것을 감수해야지 피하려
 고 한다면 가진 것마저 내놓게 될 것이다.

묵념

가슴에 잔잔한 물결
마음 가다듬고 흐트러진 야망 단념하고
진실로 선행하며 사는 길 찾아갔으면

외관상 풍요로움에 마음 유혹될까
스스로 다짐하고 애써 보지만
마음과 몸 일치하지 않을 때 없지 않네

한 번 주어진 인생
세월 다 가기 전에 사람답게 살아 봐야지
세월은 흘러가는데 아직도 할 일이 많네

타인의 삶에 동승할 수 없는 세상
모두에게 공정하게 주어진 것이 자연의 섭리
누가 더 정직하고 바르게 사느냐에 따라
나의 운명 결정되리라

*인간은 누구나 세상을 살면서 주체성을 갖게 된다. 자신의 뜻과 맞지 않으면 행하지
않지만, 그렇다고 모든 행동이 다 옳은 것은 아니니, 항상 자신을 잘 돌아보아야 한
다.

집

한 가족이 편안하게 살 수 있기에
더없이 고마운 곳
세상에 아무리 좋은 곳 있다 해도
가족들 모여 사는 집만큼 좋을까

피와 땀과 눈물 흘려 마련한 나의 집
아무런 부담도 어색함도 없이
편히 지낼 수 있는
유일한 안식처

집이 없는 삶은 얼마나 애처로운가
삶의 근원이 되는 집을 갖기 위해
기본 원칙마저 어기는 인간들은
미완성 단계이다

누구의 도움도 없는 막막한 인생살이
고달프지만 고귀한 생명 버릴 수 없어
오늘도 가족을 다독이며 살아간다

*인간이 세상을 살아가는 데 가장 필요한 것은 집일 것이다. 자신의 집을 갖기 위해서
 는 많은 시간과 노력이 요구된다.

지평선

광활한 그곳
도달하기 쉬울 듯했는데 거침없이 달리다 보니
목적지가 어디쯤인지 찾기 어렵구나
왜 표지판이 보이지 않는 걸까

누구든 자신이 가는 인생길 좋다고 장담 마라
시시각각으로 변하는 마음에
조금이라도 거리낌이 생기면
가는 길 중단하고 다시 생각해 봐야 한다

죽음 각오하며 달려왔지만 표지판 찾지 못하니
목적지 위해 걸음을 재촉하지만 말고
시행착오로 달려온 머나먼 길 마음에서 지우고
새로운 마음으로 다시 시작해 보자

*쉽게 보이는 인생길이지만 막상 찾아가 보면 자신이 원하는 목적지가 보이지 않을
  때가 있다. 그럴 때는 이제까지 달려온 길을 마음에서 비우고 새로운 마음으로 찾아
  가야 한다.

푸른 산

한때는 나무 없는 민둥산
열심히 심고 가꾸니
푸르름이 하늘을 닮았네

자연이나 사람이나
자신의 본질을 갖추지 못한다면
세상에 그리 흉한 것도 없으리라

사람은 외모만큼 마음이 고와야지
아무리 풍채가 멋지고 말솜씨 좋아도
마음에 곧은 심성과 바른 인격 없다면
세상 사는 데 우여곡절 겪게 되리

*산에 나무가 없다면 산은 자신의 형태를 제대로 갖추지 못한 것이다. 인간 역시 사람
된 구실을 다하지 못한다면 세상 살기 어려울 수 있다.

금은보화

세상에 금은보화 싫어할 자 없네
천근만근 허리 굽어 주저앉는 한 있어도
한번 마음껏 가져 보길 소망할 것이네

가슴에 찬 욕망 오늘도 하나 버리지 못하니
물욕에 취한 사람 꿈에도 취하네
가난에 시달리는 자 내일의 희망 품게 되니
고통의 나날 스스로 달래 가며
오늘도 쉬지 않고 힘든 인생 고개를 넘네

자연은 막힘없이 스스로 흘러가는데
우리 가는 인생길 왜 이리 장애물이 많은가
자연을 벗 삼아 세상을 산다면
그 어느 것 부럽거나 욕심날 것 없을 텐데

천 가지 만 가지 다 채워 보려는 우리의 욕심
버리지 못하는 그 심정 너무나 애처롭네
세상 사는 동안 그리 많이 가지지 않아도 될 우리의 삶
가진 것만으로도 정답게 나누고 산다면 좋겠네

*인생길 고달프기도, 즐겁기도 하다. 욕심 없이 자연과 더불어 산다면 즐거운 삶이 되
겠지만, 마음의 욕심을 버리지 못하면 멍에를 짊어지고 가게 된다.

나침반

나침반 의지해 항구를 떠나는 배
갈 길이 험하고
가야 할 방향 명확하지 않을 때
유일하게 생명 길 알려 주는 나침반

비바람 휘몰아치는 망망대해에서
열심히 달려도 제 시간에 닿을 수 없는 목적지
거친 바다에서 헤매다 보면
믿을 수 있는 건 선장뿐이네

유능한 선장은 어려운 시련에도
무사히 목적지까지 인도해야 한다는 책임감으로
거친 풍랑에 좌절하지 않고
앞으로 나아가네

함께한 사람들은 생사의 길에서 진정하기 어려워도
지혜로운 선장의 나침반 덕분에
이 험한 길을 헤쳐 나갈 수 있네

* 우리가 세상을 사는 데 지도자의 현명한 지도력도 필요하지만 지도자 역시 과거 역
사에 남겨진 현명한 지혜들을 참고한다면 오늘과 같은 비극은 없으리라고 본다.

격동의 시대

훈훈한 온기 기대했지만
가슴에 서늘한 한기 스쳐 가네
적막한 먹구름 걷히지 않으니
결국은 말 못할 시련 짊어져야 하네

마음의 준비 제대로 되지 않은 채
달콤한 말 듣겠다고 적지에 갔건만
겉만 화려한 포즈를 취하고
진실한 속마음은 드러내질 않네

애매모호한 말들 진실인 것처럼 내뱉으니
이 세월 저 세월 다 보내고
언제쯤 제대로 공을 세우겠는가

아무리 좋은 생각 가지고 있다 해도
현실과 맞지 않으면 바꿔야 하는데
고집스러운 모습은 사람들의 비웃음을 당하네

*한 시대의 책임자들이 만나 좋은 관계를 유지하기 위해 협의를 했지만 적국이 속마
 음을 열지 않으니 가슴이 아프지 않을 수 없다.

세력

작은 세력 키우고 키워 대세 잡으니
천하에 보이는 것이 없네
지난 세월 동안 기죽어 있다가
이 설움 저 설움 원한이 맺혀 긴 칼 휘두르네

이것저것 다 파헤치며 난도질하니 어쩌나
신 아닌 이상 하자 없는 인생 없는데
세력을 가진 자에게 관용 없다면
휘두르는 칼끝은 결국 자신에게 돌아오네

죄 없이 선행하며 사는 사람들의 불안함
가진 자에게 지나치게 부담을 주고
게으른 자에게 무조건 나눠 주라 하니
이치에 맞지 않는 상황에
세상 민심 더욱 악화되어 가네

*만인을 다스릴 때 선행이 뒤따르지 않는다면 결국 보복이 보복을 낳을 수밖에 없다.
 권력을 개입해 가진 자에게만 부담을 주고 그것을 알리지 않는 자에게 나눠 주는 것
 은 이치에 맞지 않으므로 큰 부작용이 발생할 수 있다.

향유

마음의 하늘에 공작새 날고 오색무지개 환히 빛나네
고달픔 잊은 채 임과 함께 손잡고
아름답게 피어난 야생 들국화와 코스모스
산들바람에게 허리 굽혀 인사하네

행복을 기다리는 사람들의 꿈
임 그리워 밤을 지세는 사람들
좋은 짝 만나 알뜰살뜰 살아갈 상상을 하네

해는 서산에 지고
둥근 보름달 환하게 웃음 짓네
우리도 결혼해서 저 해와 달같이
아들딸 낳아 기를 수 있다면 얼마나 좋을까

부모로서 정성을 다해 자식 기른다면
자식이 부모의 정성을 어찌 잊으랴
부모 은공 알아주니 이 세상에 의인이 따로 없다네

*세상 사람들은 누구나 자식을 낳아 잘 기르는 삶을 기대한다. 부모가 자식을 위해 정
  성을 다한다면 자식 역시 부모의 정성을 알게 되고 인생의 보람을 찾아갈 것이다.

재생 길

칡넝쿨처럼 끝없이 뻗어 가던 내 인생길
어이하다 이처럼 처량한 신세 되었는지
한 번의 실수로 모든 것 사라지고
마음의 공간들만 고스란히 남았네

다시 소생할 길 찾느라 고심하며
마음의 책장 수없이 넘기고 넘겼지만
서글픔을 진정시킬 여유가 없네

인생에게 굴복해야 하는가
아니면 다시 일어서야 하는가
마지막 결단, 죽을 것인가 살 것인가

성서에 보면 노력한 자에게는 복이 온다네
잘 나가던 나의 인생살이 다 접어 두고
오늘 새 문을 열고 열심히 애써 보자
죽음을 각오하고 노력한다면 새 인생길 열리겠지

＊인생살이에는 절망과 희망이 있다. 그러나 시행착오로 한 번 절망의 길에 접하게 되
  면 재생하기 어렵다. 그러나 목숨을 걸고 애쓰고 노력한다면 인생의 길이 다시 열릴
  것이다.

구원의 길

어려움에 시달리며 거친 세상 노 젖는 그대
무슨 방법으로 그대를 도울 수 있으랴
마음은 벌써 가 있지만 몸이 따르지 않으니

애타는 마음으로 밤 지새며
아침 일찍 강변에 나가 하염없이 소리쳐 보지만
지쳐 가는 그대 위로할 길이 없네

아침 해가 밝아 오니 힘내야지
노를 놓치지 않고 다시 반복하니
저 멀리 작게 보이던 작은 섬에 도달했네

수많은 새들 둥지 틀어 알 품는 섬
똑딱선 타고 사람들이 찾아오니
이제야 안도의 한숨 쉬며 지친 몸 일으키네

*어려움에 처한 사람을 구해야 하지만 도저히 방법이 없으니 밤 지새우며 기도한다.
 그 정성 덕분인지 구사일생으로 살아남아 다행이다.

짐

오늘도 무거운 짐 짊어지고 가노라면
언제 어깨에서 하나 둘 줄어들지
기약이 없어 지치고 또 지치네

묘안을 찾기 위해 잠시 언덕에 쉬니
까치와 비둘기가 둥지 튼다며
나의 짐 하나 둘 물어 가
무거웠던 어깨 가벼워지네

사람이나 짐승이나 도울 길 있다면
서로 돕는 것이 우주의 원리 아닌가
각자 주어진 임무를 성실히 수행하다 보면
어려웠던 일들 해결되고 즐거운 시절 오기 마련이네

어려울 때 도움 받을 길 없어 삶이 힘들 때
이 어려운 세상살이 헤쳐 나가려면
서로 좋은 마음으로 돕고 살면 될 것이네

* 세상 삶을 살아갈 때 서로 돕고 사는 마음만 변하지 않는다면 어려움을 구제받을 수
  있는 길이 열린다. 그러나 혼자 이기적으로 살아간다면 어려울 때 도움 받을 길이 없
  어 고통을 면하지 못할 것이다.

희망

가냘픈 숨소리 들려오다 이마저 꺼져 가니
저승길로 떠나리라 단념했는데
가는 길 서러워 누구에게도 말할 수 없었네
누구나 한번 오면 어느 때라도 떠나게 마련이네

갑자기 소생의 길 보인다 해서
접었던 마음 다시 고쳐먹고
한없이 넓은 바다로 나가 보네

아늑한 항구 찾아가는 고깃배의 숨소리
어부들은 항구에 들어가려고 속도를 높이는데
바닷새들이 배 위로 먹이 달라고 외치며
어선의 매연과 불꽃에 날개 타는 줄 모르네

고기를 잡아 가득 실은 어부의 운명과
어선에 잡혀 누운 고기의 운명
세상 만물 창조하신 조물주께 맡겨야지
인위적으로 만들어 낼 수 있는 형편이 못 되네

*지인의 운명이 머지않아 그 안타까움을 여기저기 말할 수 없었다. 다시 소생 길이 열
려 더 좋은 삶을 이루게 해 달라고 바다에 나가 기도해 본다. 풍랑 속의 어부와 물고
기, 바닷새의 운명은 오로지 조물주만 아신다.

외로움

마음에 허전함 무엇으로 달래 볼까
그 많던 미움도 부러움도 모두 마셔 버리니
오직 버려지지 않는 마음의 고독만 남았구나

버림받지 않은 인생인데 왜 이리 외로울까
자연은 계절마다 변화무쌍한데
이 마음은 어찌하여
고독을 버릴 기회도 없는가

무심코 강을 바라보며 강줄기의 시작을 상상한다
고독과 같이 살며 괴로움에 사로잡히니
삶의 시작을 잊어 가는구나
고독을 잠재울 영원한 꿈을 꾸고 싶다

*아무리 많은 즐거움이 있어도 우리의 마음을 모두 다 채워 줄 수는 없다. 고독을 안
  고 세상을 살아가는 모습들이 처절할 따름이다.

침묵에서 깨어나자

기차

　고향에 일이 있어서 아침 일찍 기차를 타기 위해 서울역에 도착하니 많은 승객들이 기차 탈 시간을 기다리고 있다. 누가 무슨 일로 기차를 기다리는지 알 수 없지만 나름대로 가야 할 이유가 있다.

　시간이 다 되어 기차에 올라 배정된 자리에 앉았다. 모르는 얼굴들이 즐비하고 그들은 모두 차분한 모습으로 각자 목적지에 가서 할 일들을 계획하는 듯하다. 기차는 큰 소리 없이 빠른 속도로 내달린다. 창가를 내다보니 바깥 풍경은 영화의 한 장면 같다.

　우리 인생도 지난 과거를 돌이키면 지나간 영화의 한 장면이겠지. 기차도 가고 세월도 가고 우리의 인생도 가는구나.

　살면서 해 보는 많은 일 중에 몇 번이라도 선행을 한다면 인생에 큰 보람이 될 것이다.

　*수많은 인생살이가 있지만 진정한 선행자가 많지 않음에 대한 아쉬움.

생명

거룩한 생명들이여, 한시도 좌절과 실망에 울어서는 안 된다. 고난의 위기가 다가오더라도 순간적으로 생을 포기해서는 안 된다. 세상을 산다는 것은 고귀한 생을 어떻게 해야만 더 좋은 방향으로 인도할 수 있을 것인지 생각하며 노력하는 것이다.

세상 문명이 발전해 가면 갈수록 삶의 질은 많이 향상되지만 사람의 생명이 경시되어 가는 것이 너무 안타깝다. 이 세상에서 가장 고귀한 것이 사람의 생명 말고 또 다른 무엇이 있을까. 오늘도 경시되어 가는 인간의 생명 문제를 막을 길은 없을까.

*인간의 삶이 향상되면 될수록 귀중한 인간의 생명이 더욱 보장되어야 하는데 그렇지 못함.

딱새와 뻐꾸기의 실화

세상에 이런 기구가 운명이 또 있을까. 아무리 지혜롭지 못한 날짐승이라고 해도 어이가 없다. 구슬픈 노래를 부르며 세상을 사는 뻐꾸기. 너는 나약하지도 않으면서 스스로 집을 짓고 알을 낳아 열심히 먹이를 잡으려 하지 않고 어찌해서 보잘것없는 작은 딱새의 집에 몰래 침범해 사느냐.

딱새, 너는 어째서 너보다 큰 뻐꾸기의 알을 네 알보다 정성을 다해 품고 있느냐. 네가 뻐꾸기의 알을 돌보는 동안 정작 너희 알들은 집밖으로 밀려나 폐사되고 뻐꾸기 알들만 너희 품에서 부화되어 보살핌을 받으며 사는 것을.

아무리 말 못 하는 날짐승이지만 남의 자식 지키느라 자기 자식을 버리는 이 어이없는 일이 세상에 또 어디 있으랴.

딱새가 뻐꾸기에게 하는 말

뻐꾸기야, 너는 집도 짓지 않고 새끼도 길러내지 않고, 우리 부부가 다 돌봐 주었으니 우릴 위해 무엇을 해 주겠느냐.

딱새야, 나는 집 짓는 재주도 알을 품는 재주도 없다. 딱새 너는 비록 작지만 날렵한 몸으로 집도 잘 짓고, 새끼도 잘 먹여 살리지 않느냐. 나에겐 구슬픈 노래 부르는 재주뿐이니 어찌할꼬. 네게 미안하기 그지없구나.

뻐꾸기야, 너희 부부의 새끼를 정성을 다해 길러 줬으니 게으름 없이 노래를 불러 준다면 세상이 즐거워할 것이다. 우리 역시 너희에게 바라는 거 그뿐이다.

*덩치 큰 뻐꾸기가 작은 딱새의 삶을 송두리째 빼앗어도 거부감 없이 살아가는 이들의 삶을 더 깊이 연구해 보았으면.

심판

세상에는 여러 가지 스포츠가 있다. 경기가 있는 곳에는 반드시 심판관이 있기 마련이다. 아무리 유능한 심판관이라도 신이 아닌 이상 실수를 한다.

선수들은 심판관이 오심을 할 때 가장 못마땅히 여긴다. 축구, 농구, 배구, 야구 등 수많은 스포츠 중에 야구 경기가 특히 많은 오심을 발생시킬 수 있다. 하지만 요즘은 비디오 영상을 통한 정확성에 놀라지 않을 수 없게 된다.

우리가 사는 삶도 스포츠의 영상처럼 정확한 심판을 받아 보았으면 하는 생각이 간절해진다. 얼마만큼 인간의 구실을 다하며 살아가고 있는지. 잘못된 인생관을 빨리 시정할 수 있는 길이 있으면 얼마나 좋을까.

*스포츠 경기처럼 상대방의 잘못된 심판에 재청구하듯이 우리 인생도 재청구 할 수 있는 길이 있다면 얼마나 좋을까.

정상

사람들은 정상을 바라보며 어제도 살았고 오늘도 살아간다.

목적을 이루는 과정에는 시간과 노력이 필요하다.

우리들은 종종 중심을 잡지 못하고 과정과 노력, 절차를 잊고 산다. 그러다 보니 제때 정상에 오르지 못하곤 한다.

생명을 가진 누구에게나 태어날 때부터 모든 것이 공정하게 배정돼 있다. 누군가는 정상에 올라 달콤한 세상을 맛보는데, 또 다른 누군가는 자신을 다독이지 못해 정상의 삶을 경험하지 못한다는 것이 너무나 안타까울 뿐이다.

*참 삶에 대한 의지에 관해서.

순리

우리는 세상을 살아가는 생활 터전에서 수많은 생명체와 동거한다. 인간이 사는 공동 세상에는 높고 낮음이 있어서 자칫 높은 자가 낮은 자를 서럽게 할 때가 없지 않다. 풍족한 자와 풍족하지 못한 자 간의 갈등, 이 또한 세상살이에 주어진 등급이 아닌가.

높고 낮은 자 간에 지나친 위세를 자제하고, 가진 자 못 가진 자 간에도 배려하는 자세가 필요하다. 자연의 순리에 따라 행하는 것이 서로를 원망하지 않으며 살아가는 길이 될 것이다.

*자연의 순리를 좀 더 참고했으면.

시류

    우리가 살고 있는 땅에 고동이 울고 있다. 좋은 소리 나쁜 소리, 앞섰던 고래와 뒤섰던 고래가 해서는 안 될 치열한 싸움을 벌이고 있다. 수많은 작은 삶에 큰 파장을 일으킨다.

    인정사정없이 침략하는 고래는 호시탐탐 기회만 노리고 있다. 언제 무슨 일이 일어날지, 모두가 망하느냐 마느냐 숨 가쁜 현실이 아닌가.

    지도자는 그 어떤 수모를 겪더라도 역사에 맡겨야 할 통치 문제를 끝까지 참아 내야지 인위적으로 판결하려 해서는 안 된다. 진정한 지도자는 이런 인위적 문제를 잘 분별하고 처신해야 역사에 길이 빛날 것이다.

*지도자의 처세에 대해.

재생

우리는 고운 마음으로 세상에 태어났다. 세상을 살다 보니 어려움이 많아 자칫 잘못하는 순간 인간으로서 지켜야 할 도리를 자신도 모르는 사이 태만하게 접할 때가 없지 않으리라.

세상을 왜 사는지, 살다 죽으면 어디로 가는지 삶에 대한 가치마저 잊을 때도 있다. 하지만 우리는 삶을 포기해서는 안 된다. 나를 낳아 길러 준 부모를 생각해서라도 열심히 사는 모습만이 보답이 될 것이다.

정직한 마음으로 열심히 노력하는 것이 내일의 알찬 우리 인생을 재생시키는 힘이다.

*젊은 세대의 사기가 죽어 있는 것이 안타까운 마음에서.

애국심

긴 역사 동안 수많은 우여곡절 속에서 조국을 이웃나라에 빼앗긴 고통을 참을 수 없어 우리 선열들은 독립을 위해 꽃다운 청춘을 바쳤다.

2차 세계대전이 끝나고 열강들에 의해 조국은 독립되었지만 정치 지도자들이 단결하지 못하여 다시 분단되었다. 3년 동안 치열한 혈전 끝에 휴전으로 조국이 두 동강난 지 벌써 70여 년. 선열들의 후손으로 가슴이 멘다.

지금도 이북은 김씨 왕조 체제를 다져가고 남쪽 동포들은 민주주의 체제로 발전해 오고 있다. 북은 적화 통일을 위해 70년 전이나 지금이나 변함없이 온갖 술책을 다 동원하고 있는데 남쪽 동포들은 민주주의란 체제 하에 단합을 못하고 온갖 말과 행동을 자제 없이 남발하고 있으니 조국의 운명은 대체 어디로 가고 있는 걸까.

*남침을 당한 것도 비통한데 남쪽 정치 지도자들의 자질이 안타깝다.

비상

밝은 세상에 어두움이 근접해 온다. 평온했던 우리 가슴에 너울이 출렁인다. 우리 모두 자신이 가진 기량으로 비정상적인 문제들이 왜 발생했는지 점검해 보자.

무엇이 우리 현실을 어렵게 만드는지. 서로의 감정은 다를 바가 없는데 다 같이 중지를 모으지 않는다면 난관을 극복할 길이 없다.

현재 직면한 불안을 해소하기 위해 서로 지혜를 가다듬어 난관을 타결하는 데 협조하고 무분별한 행동은 자제해야 한다.

*공동생활 터전에서 사회인들의 협조가 필요하다.

삶의 가치

세월이 흘러가는 순간마다 앞서 살았던 사람들이 열심히 일한 덕분에 삶의 질이 향상되고 집집마다 물건들이 넘쳐난다.

미래를 위해 더 많이 일하는 것도 좋지만 일을 제대로 하지 않고 삶의 질을 탓하고 불평하는 것은 좀 생각해 보아야 한다.

세상이 물질 만능 시대로 변질되어 가면서 사람들은 선행보다 물질적 가치를 앞세워 타인의 인격을 자신의 잣대로 바라보고 있으니 이는 잘못이다. 세상을 살면서 부당한 방법으로 물질 축적에 애쓰기보다 선행을 하면서 애쓰다 가는 것이 더 고귀하리라.

*삶의 진정한 가치는 물질에 있는 것이 아니라 선행에 있다.

고독을 이기는 길

우리는 삶의 의무를 짊어지고 세상을 살아간다. 모든 일이 순조롭게 잘 이루어져 나갈 때는 일에 대한 재미로 정신적 공백을 느끼지 못한다. 그러나 이것저것 몸소 체험하고 나면 그 어떤 새로운 일을 찾으려는 의욕이 없어진다. 무엇 때문에 세상을 살아야 하는지 의문을 갖게 되고 악착같이 세상을 살아야 한다는 의지에 회의를 느낀다.

주위를 의식하지 않을 수 없고 현실의 자신을 생각하지 않을 수 없다. 외로움과 허전함을 극복하고 새 인생의 가치관을 다시 정립해서 고독의 그림자를 하나 둘 지워가야 한다. 밝은 내일의 인생을 살도록 다짐해야만 고독의 굴레에서 벗어날 수 있을 것이다.

* 원하는 것이 모두 이루어지지 않는 삶에 대한 의문.

천체

우주 공간의 수많은 위성들은 오늘도 마찰 없이 잘 지낸다. 우리가 사는 인간 세상에도 수천만 종의 생명체들이 살아간다. 그 어떤 생명체는 다른 생명체를 주식으로 먹어 삼킨다. 약육강식으로 살아가는 것이 자연의 섭리인지 모르겠다.

인간 역시 세상을 살면서 잘사는 사람, 못사는 사람 서로 차별하며 사는 것이 운명인지도. 그러나 인간에게는 이성적인 생각이 있어서 어려움에 처한 사람을 불쌍히 여기는 동정심을 갖는 것이 당연하다.

우리는 살아 있는 동안 가난한 자를 돕고 사는 것이 인간의 도리를 하는 것이다. 이것이 인류 세상의 안전과 평화에 이바지하는 길이 될 것이다.

*세상에 도움을 받을 자 많으나 돕는 자 적으니 세상 민심이 어렵다.

비

인간이 세상을 살아가는 데 물은 절실히 필요한 요소이다. 하지만 인간이 사는 삶에 적절히 공급되지 않을 때가 허다하다. 어느 지역은 눈과 비로 인해 물이 넘쳐나고 다른 지역은 물 부족으로 갈증이 심할 때가 없지 않다.

바람이여, 홍수로 물이 넘쳐나는 곳으로 가서 비구름을 한발이 심한 이곳으로 몰고 와 주었으면. 간절히 애원해 보지만 바람은 어느 때는 날 미워하고 그 어느 때는 날 애원하니 어느 장단에 놀아야 좋을지 모르겠다.

인간도 바람을 믿지 못하고 바람도 인간을 믿지 못하니 인간과 자연이 서로 조화를 이뤄 내지 못할 때 인간은 현명한 지혜를 동원해 물을 찾아야 한다.

*인간이 세상을 살아가는 데 이익 추구에만 사력을 다할 것이 아니라 때로는 봉사하는 자세가 필요하다.

공항

영종도 공항 대합실. 오대양 육대주로 향하는 비행기들이 쉴 새 없이 뜨고 내리는 공항. 승객들이 즐비하게 인산인해를 이루고 있다.

사업상 좋은 인연을 맺기 위해 떠나는 사람들, 무사히 기대하는 바 잘 이루어져 새 사업이 더 크게 번창하시기를. 더 나은 미래를 개척하기 위해 공부하러 가는 유학생들, 많은 지식을 쌓아 이 땅에 보탬이 되려고 이국 땅 멀리 떠나가는 그 마음이 고맙다. 삶의 또 다른 경험을 얻기 위해 타국으로 떠나는 여행자들, 넓은 세상을 여유롭게 바라보는 마음이 멋지구나.

*삶의 교류들이 잘 이뤄지는 것은 좋은 현상이다.

가난

가난한 사람들아, 가진 것이 없다고 한탄하며 울지 마라. 우리를 이 세상에 보낸 이가 있다면 각자 타고난 능력에 따라 차등이 있기 마련이다.

우리가 이런 것을 갖고 마음 아프게 생각할 필요가 없다. 제 아무리 이 세상에서 가진 재물이 많아 자랑하더라도 하나님의 뜻을 제대로 행하지 않는다면 가난한 자보다 못한 자로다.

우리는 이 세상에 와서 재물을 많이 갖는 데 의미를 크게 둘 것이 아니라 하나님의 뜻을 제대로 행하며 한세상을 사는 것에 큰 뜻을 두어야 한다.

세상에서 재물을 많이 갖기 위해 하나님의 뜻을 저버리는 자보다 가난하더라도 하나님의 뜻을 제대로 행하는 자가 더 좋은 인생을 산다는 것을 깊이 인식했으면 한다.

*세상에는 재물 때문에 웃고 우는 자가 많다. 그러나 사람의 도리를 다하는 자만이 행복해질 수 있다.

걷고 싶은 마음

　지나온 세월이 너무 힘겨워 오늘도 종착점 없는 인생의 길 가다가 발걸음은 잠시 멈춰도 마음은 계속 간다. 하늘에 뜬 구름이 언제 세찬 바람을 만나 어디로 정처 없이 떠밀려 갈지 예상할 수 없는 우리 인생, 이 세상 누구도 제대로 알 수 없는 앞날. 그러나 지혜를 발휘한다면 어느 정도 감은 잡을 수 있겠지. 마냥 주어진 운명 타령만 할 것이 아니라 각자 기량을 잘 발휘해 어려움을 해결해 보아야 한다.

　지난 인생길은 지나치게 성급히 달리다 보니 이런저런 시행착오로 실수도 많았지만 이제는 달리는 인생길에 속도를 조절해서 생각하며 걸어야 한다는 마음이 절실하다.

*인생을 산다는 것은 의미 있는 일이지만 속도 조절을 잘해야 위기를 면할 수 있다.

해맞이 기도

사람들은 정월 초 각자의 소원을 빌기 위해 동해 제일 먼저 해 뜨는 곳을 찾아간다. 꽤 먼 길인데도 피곤함을 느끼지 않고 원하는 일 잘 이뤄지도록 빌기 위해 한반도 끝자락으로 간다.

소원을 빌기 전 깨끗하고 성실한 자세가 필요하다. 마음이 곱지 않거나 부지런한 자세가 아니라면 아무리 소원을 빌어도 소용없다.

물질적 풍요로움을 기도하기 이전에 바르게 세상을 살아야 한다는 자세가 먼저다. 물질적 욕망 때문에 사람 된 도리를 저버린다면 부자가 되게 해 달라는 기도보다 사람답게 살 수 있도록 인도해 달라는 기도가 더 필요할지 모른다.

우리는 이 세상에서 무엇을 어떻게 해야 좋을지 다른 사람에게 묻지 말고 자기 마음속에 있는 것을 실천해야 한다.

*사람은 이성과 지혜를 갖고 세상에 태어났다. 그러므로 다른 사람에게 묻기 전에 자신의 마음속에 가진 것들을 잘 실천해야 한다.

시간의 중요성

시간을 잘 활용하는 자는 인생의 승리자가 될 수 있는 길이 열린다. 사람은 끝없이 청춘을 살 수 없고 생명에도 한계라는 것이 있다.

인생이란 살다 보면 황금 시절이 있기 마련인데 그 단계의 시절을 잘 보내지 못하면 세상을 살아가는 데 상당한 고통이 따르므로 젊은 시절을 잘 활용해야 한다.

산업 사회에서 사람들은 편리함을 기대하지만 인력 대신 자동화 기계나 로봇이 사용되는 문제가 급속도로 확대되고 있다.

이런 사회에서 고급 인력들이 일할 수 있는 기회가 없어 젊은이들이 어려움을 겪고 있으니 난감하다. 시간은 모두의 청춘 시절을 보장해 주지 않는다. 어려움에 처한 젊은이들이 기회를 가릴 때가 아니다. 육체적인 일이든 정신적인 일이든 가리지 말고 할 수 있을 때 해야 한다. 일하는 과정에서 인생을 체험하기도 하고 자신의 삶을 구상할 수 있을 것이다.

*젊은이들이 일할 곳이 없으니 슬픈 시대로구나.

양심

공동 세상 사회를 살다 보면 많은 덫이 우리 생활을 위협한다. 우리는 그 문제를 감지하고 있지만 크게 우려하지 않고 살아간다. 그러나 순간적인 시행착오로 뜻하지 않았던 과오를 눈앞에서 직면하면 양심을 지켜야 할 것인지 말 것인지 기로에 서게 된다. 이를 모면하기 위해 타협하는 자도 없지 않다.

우리가 이렇게 비양심적으로 세상을 산다면 건전한 삶을 제대로 구축할 수 없다. 사회뿐만 아니라 당사자는 말 못할 멍에를 짊어지게 되므로 가능한 한 비굴하게 양심을 파는 문제는 자제해야만 고개를 숙이지 않고 세상을 살아갈 수 있을 것이다.

* 세상에 너무나 비양심적인 일들이 많아 개선되었으면 좋겠다.

도리

세상 만물을 창조하신 이가 있다면 만물에게 생명을 준 동시에 삶의 도리를 실천하면서 흠 없는 인생을 살 수 있도록 지혜를 주었을 것이다.

인간은 스스로 세상 만물을 지배하려는 욕망이 없었지만 세상 만물 중에 가장 지혜로운 동물이란 점을 인식하고 열심히 연구하고 노력하며 살다 보니 그 어느 생명체도 인간을 지배할 수 없어 자연스럽게 세상 만물을 지배하게 된 것이다.

그러나 인간이 세상 만물을 지배할 능력이 있다고 해서 다른 생명체들을 함부로 학대하거나 멸망케 해서는 안 된다.

생명을 존중해야만 세상 만물이 살아가는 데 있어서 서로 조화를 이루고 평화로울 수 있을 것이다.

*인류 세계 평화는 어떻게 얻어지나.

평화

세상 사람들은 누구나 할 것 없이 모두 평화를 사랑한다.

그러나 지금까지 평화가 제대로 정착되지 못해 사람들은 우려와 고민을 떨쳐 버리지 못하고 있다. 이 세상 만물 중 가장 이성적이고 지혜로운 인간이 자신들이 가장 원하고 기대하는 인류 평화를 제대로 정착시키지 못하는 과오를 스스로 범하고 있는 것은 아닐까. 오늘날 이 세상에서 잘사는 사람들과 잘사는 국가가 지나치게 이기주의에 빠져 있는 것은 아닐까. 지금 잘사는 사람 잘사는 국가라고 스스로를 자랑할지 모르겠지만 세계 인류 평화에 적극적으로 기여하지 않는다면 진정으로 인간 사회의 도리를 제대로 다하지 못하고 있다고 할 수 있을 것이다.

잘사는 사람들이 가난한 자들을 돕고 살아야만 이 세상 사회에서 진심으로 존경받고 죽어서도 그 이름이 빛날 것이다. 잘사는 나라 역시 자기 국가의 이익에만 매진할 것이 아니라 인류 평화를 위해 기여한다면 이 세상 인류로부터 높이 존경받을 것이다.

*험난한 세상이 빨리 가고 진정으로 사람이 잘사는 세상이 되었으면.

168

조국의 수난

동포의 가슴마다 괴로운 고독의 수난이 밀려온다. 조국의 뱃사공이 이를 제대로 감지하지 못하면 우리는 국난을 극복할 때를 놓치지 않을까. 지난날 지도자의 잘못에 관용을 베풀지 못한다면 앞으로 자기 잘못은 어느 누가 용서할까.

동포의 지혜를 모아야 하는 현실이지만 조국의 운명을 걱정하기보다 뱃사공의 잘못 규탄에 총력을 다하니 어느 때 어느 누가 우리를 구원해 줄 수 있을까.

우리가 모두 양심을 갖고 세상을 산다면 우방에 대한 은혜도 잘 알아 처신해야 하고 어려울수록 이중적으로 행동하기보다 한 이념 안에서 죽을 각오로 사력을 다해야 내가 죽어도 우방이 나를 도울 것이다.

* 조국의 운명이 바람의 등불처럼 놓여 있는 현실.

악운을 면하는 길

우리에게 오지 말아야 할 불행은 왜 또 오는가. 좋은 마음을 가졌다고 하지만 그것을 제대로 간수하지 않으니 악의 흉노가 훔쳐 갈 수 있으리라.

사람마다 보배를 갖고 있다 해서 세상살이가 마냥 즐거울 수 없다. 삶의 가치를 더 깊이 깨닫는 데 정성을 다해야 한다. 누구나 순간적인 방심 때문에 자신에게 가장 귀중한 것을 잃어버릴 수 있으므로 언제나 조심조심 정성을 다해 보살펴야 한다.

세상에서 더 좋은 것을 가지려고 욕심을 내기보다 갖고 있는 것을 제대로 간수하는 것이 더 이로울 때가 많다.

*어려운 세상 삶일수록 욕심을 자제하고 분수를 지켜야 한다.

학교

　배움의 전당. 학생들은 아침 일찍 책가방을 메고 배움의 전당, 학교를 찾아간다. 수업을 시작할 종이 치기를 기다린다.

　아침 조례를 마치고 첫 수업을 시작하는 종이 울린다. 오늘 첫 수업에 임하는 자세가 하루 전체의 수업에 상당한 의미를 갖는다.

　선생님께서 정성을 다해 가르치시는 성의를 보아서라도 배우는 제자는 열심히 공부하는 자세를 갖는 것이 도리다. 수업 시간에 다른 생각을 하지 않고 열심히 배운 학생은 앞으로 사회에 나가서 자기가 원하는 길을 갈 수 있지만 그렇지 않은 학생은 우왕좌왕 중심 없는 삶을 살아갈 수밖에 없을 것이다.

*배우는 자는 어디까지나 배움의 자세가 필요하다.

존엄

    사람으로 세상에 태어나 공동 사회 생활을 하게 되면 각자 자질 문제에 대해 냉혹한 심판을 받게 된다. 우리는 이런 문제를 별 관심 없이 지나치지만 실로 상당한 의미를 갖는다.

    각자 인생관을 갖고 세상 사는 과정에서 다른 사람으로부터 부당하게 인격에 대한 모욕을 당하면 마음의 상처를 받는다.

    우리는 이런 문제에 대해 어떻게 대처해야 하나. 원수로 대해야 좋을지, 복수를 해야 좋을지. 그보다 선의적으로 대처할 수 있다면 그 방법도 좋은 예가 될 수 있다.

    세상 사람들 중에 자기에게 큰 이익이 안 된다 해도 재미 삼아 남을 시기하고 헐뜯는 경우가 있다. 그것은 우리가 사는 인간 세상 사회의 진리가 아니다. 그들은 그로 인해 망할 것이다.

* 오늘날 문명사회라고 하지만 지나치게 유언비어가 많아 개탄스러움.

강 다리

꼭 넓은 이 강을 건너가야 할 텐데, 제대로 건널 수 있을지 고민이다. 사람들은 건너갈 수 없는 강에 지혜를 모으고 협력해서 말 못할 고생 끝에 다리를 놓았다. 강을 쉽게 건너다니니 매우 좋고 편하다. 소식을 제대로 듣지 못했던 사람들과 사람들, 쉽게 가서 소식을 듣고 전하니 기쁘고 즐겁다.

사람들의 삶에는 많은 어려움이 있지만 서로 소통하고 협력한다면 삶에 대한 질도 향상되리라 본다.

고운 마음으로 세상을 산다는 것은 뜻깊은 의미가 있다. 마음을 열고 소통한다면 어려운 고민도 쉽게 해결할 수 있는 길이 열릴 것이다.

*사람 사는 사회에 소통이 절실하다는 마음에서.

공동 사회

우리가 인간으로 세상에 태어나 혼자 또는 작은 모임으로 세상을 사는 것보다 공동 사회를 구성해 살아가는 것이 모두에게 이롭다는 전제 하에 공동 사회를 구성해 오늘날까지 세상을 살고 있다.

공동 사회의 안정적 발전을 위해 반드시 사회적 규범이 필요하다고 보았기 때문에 사회 규범이 설정되어 오늘날까지 시행되고 있다.

공동 사회 규범이 설정된 이상 우리는 사회인으로서 사회를 떠나서는 세상을 살아갈 수 없고, 사회 규범을 제대로 준수하지 않고서도 세상을 살아갈 수 없다.

세상을 살아가는 데 공동 사회 규범이 가장 큰 의미가 있다면 규범 역시 정의로운 면모를 가지고 악한 자에게 벌을 주고 선한 자에게 포상을 해야 한다. 그래야 규범이 공정하고 정의롭다고 할 수 있다.

오늘날 사회 규범은 악한 자에게는 형벌이 있지만 선행을 한 자에게 포상이 없어 이런 제도 규범이 불공정하며 정의롭다고 볼 수 없는 것이다.

마음의 진정

수십만 종의 생물이 살아가고 있는 이 세상에 우리 인간도 함께 살아간다. 대다수 생명체들은 자신에게 적당한 영양이 공급되면 욕심을 갖고 비축하지 않는다. 그러나 공동 세상 사회의 수많은 사람들은 일생을 사는 동안 큰 아쉬움이 없어도 더 많은 재물을 갖기 위해 혈안이 되어 가고 있다.

소유라는 것은 자연의 순리에 따라 하나님께서 복을 준 것이므로 이렇다 저렇다 말할 수 없겠지만 부당하게 사람의 도리를 저버리면서까지 얻어서는 안 된다.

*지나친 재물 욕심 때문에 인간의 도리를 저버림으로 인해 공동 사회가 황폐화되어 가는 것을 지적하며.

자연

세상 만물은 언제나 자연의 기류에 예민하지 않을 수 없고 자신들을 해하는 것에 대해 적극 대처하지 않을 수 없다. 그러나 우리가 사는 인간 세상은 자연의 기류보다 사람들 상호 간의 이해득실에 관한 문제에 더 예민하다. 사람들이 분수를 잘 지킨다면 순조로운 우애가 형성되어 갈 것인데 그렇지 못한 점이 항상 염려스럽다.

자연의 성품은 어느 누구도 마음대로 좌지우지할 수 없다. 우리는 자연에 역행하려 하지 말고 순응해야 한다. 이롭지 못한 것들은 철저히 대처하고, 유익한 것들은 적극 활용해야 세상을 잘 살아갈 수 있다.

*자연의 과정을 막으려고 하지 말고 순응하면서 피해는 적극 대처하고 이로움을 적극
활용하는 처세가 필요하다.

처세

공동 세상 사회는 언제나 이익과 손해가 발생하게 마련이다. 그러나 불이익이 발생하는 때보다 이익이 발생하는 때가 더 많다는 점을 인식하고 세상을 살아야 한다.

우리가 생각하는 것처럼 매사가 다 유익할 수만은 없다. 그렇다고 삶에 대해 회의를 가져서는 안 된다. 하는 일에 실패하더라도 재도전이란 기회가 있기 때문이다.

누구나 목적을 달성하기 위해 많은 노력이 필요하지만 좌절 없이 재도전에 총력을 다한다면 언젠가 희망찬 길이 열릴 것이다. 위대한 일을 성공시키기 위해 오늘도 열심히 노력하고 있는 사람들이 있다는 것을 알았으면 좋겠다.

*복잡한 세상에서 단번에 큰 성공을 기대한다는 것은 한 번 고려해 보아야 한다.

기대

가냘픈 숨소리가 들려온다. 접었던 마음도 조금씩 출구가 열리고 우려했던 걱정에 조금씩 밝은 징조가 희미하게 보여 간다.

사람들은 모두 자기의 이상을 갖고 앞날을 기대한다. 그러나 그것이 제대로 이뤄질 기미가 보이지 않으면 절망을 느낀다. 그러나 우려함이 생각 외로 작아질 때면 마음의 여유가 생긴다.

우리가 일상적으로 살아가는 과정이 순조롭지 않을 때 기대한 상황에 가변성이 있을 수 있다. 일상적으로 기대한 것만큼 뒷받침하는 노력이 있어야 한다.

인간이 사는 세상

이 세상에는 수많은 생명체가 살고 있다. 각자 나름대로 자신들의 삶을 더 잘 살아가기 위해 수많은 구상을 한다. 우리 인류도 더 좋은 삶을 위해 많은 연구와 노력을 아끼지 않는다.

세상에 그 어떤 생명체도 인간과 경쟁하려고 하지 않는다. 오직 인간만이 다른 생물과의 경쟁도 아닌 인간끼리의 경쟁을 하는 가장 심각한 처지에 놓였다. 수천 년 동안 세상을 살아오면서 아직도 완전히 인류가 평화로운 체제를 이뤄 내지 못한 점이 몹시 안타깝기 짝이 없다.

이 세상 인류를 위협하는 동물은 거의 존재하지 않지만 인간을 위협하는 큰 대상은 자연의 재해다. 그러나 그보다 더 큰 재해는 바로 인간인 것이다.

---

*인간이 이 세상에서 가장 이성적이고 지혜로우면서 자신들의 문제를 제대로 해결하지 못한 점을 지적함.

보배

세상 사람들은 누구나 할 것 없이 값진 보배를 얻기 위해 쉬지 않고 구상한다. 그러나 값진 보배는 생각처럼 쉽사리 얻어지지 않는다. 아무리 세상에 값진 보배라도 노력하지 않고 얻는다면 그 보배가 얼마나 귀중한 것인지 제대로 알지 못해 오래 간직할 수 없다.

이러한 진리를 깨달았다면 세상에 대한 인생 공부는 다 했다고 본다. 인간의 교활한 마음은 언제나 진정되어 있지 않고 항상 변동성이 있으므로 종잡을 수 없다.

내가 원하는 보배는 나뿐 아니라 다른 사람들도 다 원하는 것이다. 이 세상에서 현명한 삶을 살려면 무리수를 두기보다 순리적인 방법을 통해 원하는 것을 얻어야 한다. 그래야 훗날에 부작용이 없을 것이다.

* 내가 원하는 보배는 다른 사람들도 원한다. 그러므로 무조건 갖기만 하는 데 의미가 있는 것이 아니라 순리적인 과정이 필요하다.

조국의 시운

겨울 동안 끈질기게 연명하고 있는 생명체들은 새봄의 따스한 기운을 받아 재생의 길을 찾아야 한다. 우리 조국도 반세기가 넘도록 불안과 초조함이 그칠 날 없었지만 언젠간 초봄 같은 시운이 오겠지 하고 기대한다.

이제 곧 조국의 운명이 판가름 날 시기가 눈앞에 와 있다. 가슴을 졸이는 초조함이 거둬질 것인지 그렇지 않으면 대결의 구도가 악화될 것인지.

조국의 운명이 평화냐 전쟁이냐 하는 의문 속에 숨 가쁘게 돌아가고 있다. 7천만 우리 민족에게는 말 못할 참담한 현실. 운명의 신이시여, 복을 내려 주옵소서.

*우리는 민족의 운명이 어찌 결정될 것인지 중요한 기로에 서 있다.

진리

당신이 세상에 태어날 때 현명한 이성과 지혜를 갖고 나왔다면 인생을 살아가는 데 무엇이 진리인지 아닌지 다른 사람에게 배우려 하지 마라.

당신의 가슴속에는 선과 악이 모두 배치되어 있다. 당신이 이 세상을 살아가는 데 어떻게 해야만 마음을 잘 다스려 악의 편이 아닌 선의 편에 설 수 있을지 고민하는 것이 중요하다.

이 세상에서 지식을 얻어 삶의 질을 향상시키는 것은 의미가 있다. 그러나 아무리 좋은 삶을 이뤘다고 하더라도 선행하지 않는 삶은 무의미하다.

인생에 가장 뜻 깊은 것은 사람의 도리를 제대로 다하는 것이다. 부당하게 재물을 많이 쌓는 것보다 선행을 많이 하여 세상 사람들에게 찬사를 받는 것이다.

*많은 재물을 얻는 것보다 선행을 하는 것이 더 위대한 삶이다.

스포츠

사람의 마음과 육체가 가장 민활한 협동 체제로 결합되는 행동 표출, 스포츠.

우리는 세상을 살아가려면 수많은 과정들을 해결해야 한다. 생각한 것처럼 제대로 이뤄지지 않을 때 많은 고민을 한다. 마음에 쌓인 부담을 말끔히 씻어 버릴 수 있는 방법 중 하나는 스포츠를 즐기는 것이다.

세상에는 다양한 스포츠가 있다. 각자 취향에 따라 즐길 수 있는 문이 열려 있다. 어떤 스포츠에 매력을 갖고 마음을 가다듬을 수 있을 것인지 선호하는 것을 선택하면 된다. 생활 주변에 다양한 스포츠를 보고 승패를 떠나 마음에 얽힌 사안들을 잘 풀고 정돈하며 새 삶을 구상할 수 있으면 되는 것이다.

격동 시대

사람들이 살아가는 환경이 탁하면 마음의 분노가 치솟는다. 물론 지도자의 그릇된 생각 때문에 생기는 일들도 있지만 공동 사회인들의 마음가짐이 흐트러져 있을 때 그렇다.

조국이 어려우면 공동 사회와 호흡을 같이하는 사람들이 사회의 어려움을 인식하고 깨달음을 얻어 각자 자신들의 이익보다 사회의 이익을 위하는 성의가 있어야 한다.

나라가 망해도 혼자 살 수 있다는 개인주의적 사고를 가능한 자제해야 한다. 우리가 오늘날 이 땅에 뿌리를 내리고 사는 것은 선열들의 피눈물 나는 헌신적인 애국심 때문이다. 그렇다면 우리는 자손을 위해 이 땅에서 무엇을 해야 하는가.

가진 것을 다 내려놓더라도 조국을 위해 몸과 마음을 다할 수 있다면 후대에 위대한 선열로서 길이 빛날 것이다.

* 조국이 어려움에 봉착한 현실을 외면하고 자기 이익에만 몰두하는 정치 지도자들의 오만함에 대해.

권력

공동 세상 사회에서는 지배를 위한 권력 다툼이 그 어느 다툼보다 치열하다. 권력 행사는 어디까지나 정해진 규범을 넘어설 수 없다.

정치력은 국가와 국민에게 이로워야 한다. 국가의 지도자는 사욕을 철저히 배제해야 하며, 만일 정신적 수양이 되어 있지 않으면 권력의 자리가 오더라도 거절해야 한다.

권력으로 인한 부정은 훗날 씻을 수 없는 심판의 대상이 될 수 있으므로 조심해야 한다. 깨끗한 지도자는 국민의 존경을 받지만 부정을 저지른 권력자는 원망의 대상자가 되어 죽을 때까지 후회하며 지내야 하는 것이다.

*전 권력자들이 비리로 인해 사법부의 심판 대상이 되어 국민의 마음이 너무나 괴롭다.

노력

세상 사람들은 자신들이 노력하는 것만큼 일한 대가를 바라지 않고, 횡재나 요행으로 큰 이익을 기대하는 심산이 있어 철없고 부질없는 생각으로 가슴을 메워 간다.

언제 철들어 마음가짐을 바르게 할 수 있을지 걱정이 된다. 어려운 인생살이 고행을 스스로 감수한다는 자세로 누가 이래저래 말하기 전에 제 갈 길을 소리 없이 가야 한다.

우리 인생은 세상에서 배워야 할 일도 많지만 스스로 깨달음을 갖고 자신의 인생을 유익한 방향으로 찾아가는 것이 보람된 삶이다.

공동 세상에서 제 할 일을 찾아가는 것도 사회에 크게 이바지하는 것이다. 공동 사회에 짐이 되지 않고 할 일을 제대로 찾아 사람 된 도리를 다할 수 있다면 사회는 보다 평화로워질 것이고, 한층 더 발전할 것이다.

*세상이 어렵다고 자신의 할 일을 마냥 기다릴 것이 아니라 할 수 있는 일이라면 무엇이든 해야 한다.

분위기

우리 민족의 가슴속에 적막한 기류가 흐른다. 수많은 세월 속에 한 시도 편안한 시절이 없었다는 것은 남북 간 대치가 그만큼 중대한 일이라는 것을 말해 주고 있다.

민족의 분단으로 인해 북핵 개발이 지속되어 가는 상황. 국제 사회가 북핵을 저지하기 위해 사력을 다하는 과정에서 4월 남북 대화, 6월 북미 대화로 인해 평화적인 해결이 가능할 것인지, 아니면 전쟁의 위기로 갈 것인지 하는 급박한 기로에 서 있다. 누구를 탓하고 원망할 것인가. 우리 민족 스스로 해결해야 한다는 자세가 필수적이다.

조국의 상황이 여기까지 와 있는데 정치 지도자들은 남의 일처럼 중매 역할을 하고, 지난 정치를 규탄하고 처벌하는 데 중점을 두고 있으니 언제 국민을 단결시켜 이 어려움에 대처할 수 있을 것인지 가슴이 멘다.

*남북 대치 상황이 우려되는 가운데 북핵 문제로 더 힘든 국면에 처한 현실.

운명

세상에 살고 있는 수많은 사람들. 태어날 때부터 각자 갖고 있는 운명을 어떻게 개척해서라도 고통 없이 살아 보았으면 하는 마음의 간절한 소망을 지울 수 없다.

그러나 어느 누구도 자기 운명을 제대로 아는 자가 없다. 스스로 가진 능력을 최대한 발휘하는 것만큼 더 좋은 방법은 없으리라 본다.

먼저 자신을 믿고 열심히 노력한다면 자세가 건전해지고 미래에 좋은 길이 열릴 것이다. 누구든 각자 갖고 있는 이성과 육체적 행동이 일치해야 자기 운명을 알 수 있는 길이 열린다.

인간의 본심은 선하지만, 행동을 제대로 제압하지 못하는 일이 허다하다. 우리는 이런 잘못을 범하지 않기 위해 정신적 수양에 전력을 다해야 한다.

*자기 인생은 언제나 자기 스스로 책임져야 한다.

세상 사는 길

사람마다 각자 타고난 기질대로 인생을 개척하며 살아간다. 그런데 세상은 누구나 할 것 없이 원한다고 해서 다 받아 주지 않는다. 비좁고 힘든 그곳을 어떻게 해야만 들어갈 수 있을까.

한 번 실패했다고 단순한 마음으로 좌절해서는 안 되고 좌표를 멀리 설정하고 목표 지점에 가깝게 도달한다면 아무 탈 없이 그 힘든 곳에 들어갈 수 있을 것이다.

무슨 일이든지 단숨에 해치우려다 문제가 생긴다. 까다로운 일일수록 멀리 바라보고 가야지 자기가 원하는 일이 제대로 이뤄지지 않는다고 인생을 궁지로 몰아간다면 결국 목표는 이룰 수 없다.

세월을 보람 없이 보내면 쉽게 낙오된다. 우리는 이런 실수를 범하지 않기 위해 철저히 계획을 수립하고 열심히 노력해야 한다. 노력 없는 곳에 성공은 따라오지 않는다.

*인생의 목표를 정확히 설정하고 열심히 노력하는 자만 성공할 수 있다.

악을 막자

사람은 모두 악을 싫어하면서도 악을 밀어내려는 데 도움을 주지 않는다. 좋은 세상을 얻으려면 서로가 악의 기운을 제압하는 데 역점을 두어야 한다.

세월은 마냥 우리가 원하는 곳으로 가 주질 않고 때로는 고난으로 때로는 희망으로 몰고 간다. 그러므로 우리는 좋은 시절에 고난을 미리 대비해야 한다.

사람들은 모두 자신의 이익에 온 힘을 쏟는다. 공익을 위해 헌신하지 않는 데 문제가 있다. 공동 사회는 어디까지나 공동 사회인이 서로 협력해야만 좋은 분위기를 만들 수 있다.

많은 사람들이 오늘날 세상 분위기가 좋지 않아 자신들의 일이 제대로 되지 않는다고 분노를 발산한다. 우리가 사는 공동 세상 사회의 분위기는 서로 잘 협력해야 좋게 만들 수 있으므로 잘못된 사회를 탓할 것이 아니라 좋은 세상을 만들기 위해 개인이 먼저 헌신하는 자세가 필요하다.

*세상의 분위기를 좋게 조성하는 데에는 공동 사회인의 헌신적인 배려가 필수적이다.

희망

우리가 사는 인간 세상은 절망과 시련으로 인해 슬프다. 그러나 죽음보다 삶의 의미가 크므로 우리는 오늘도 죽지 않고 살아간다.

인간의 공동 사회는 언제나 분주하고 급박하게 돌아간다. 만일 우리가 한 순간 잘못으로 허튼 행동을 한다면 말 못할 고통을 짊어지게 된다.

우리의 세상은 절망도 있지만 희망도 있기 때문에 시련에 굴복하지 않고 뜻을 가지고 살아가야 한다. 모두가 행운을 원한다고 해서 다 가질 수 없다, 열심히 노력하는 자에게 행복이 찾아올 것이다.

*사람은 누구나 세상을 적당히 살려고 해서는 안 된다. 노력한 자에게 복이 오는 것이다.

통치권

갖은 수난 다 겪으며 원하던 통치권자의 자리에 오르니 세상만사가 한눈 아래 보인다. 야심 가진 정치가 어느 누가 부럽지 않다.

통치권자여, 그 권력을 가지고 세상을 평정하려고 큰 칼을 함부로 휘두르지 마라. 어느 누구도 잘못 없는 자 없다. 다른 사람들의 잘못은 잘 보면서 정작 자신의 잘못을 스스로 알지 못하니 지금의 시대가 지나면 어찌 심판을 받을 것인지.

지금은 난국을 극복해야 하는 중대한 시점. 국민의 단결이 필수인데도 과거의 잘못에 시비를 가리느라 우리의 단합은 산산조각 나고 있으니 국가의 운명은 참으로 말 못할 위기로 치닫네.

*정치 권력자는 일반 서민들의 생각보다 한 차원 넘어 국민들을 단합할 수 있도록 이끌어야 하는 지혜가 필요하다.

괴로움을 이기는 길

삶의 무거운 책임을 부여받아 언제나 다급함과 긴장된 마음을 진정시킬 여유가 없다. 지혜도 무한히 발휘할 수 없고 시간마저 한정되어 인생에 부여된 일을 언제 다 끝낼 수 있을지 앞날을 생각하니 마음만 더 무거워진다.

하늘이 무너져도 노력하는 자에게는 솟아날 구멍이 있다고 짊어진 무거운 짐을 함부로 내려놓을 수 없으니 다시 앞으로 살아나갈 길을 한 번 더 계획해 보자.

모든 여건이 모자라더라도 시간과 잠재력을 정돈한다면 묘안이 생겨 조급함을 잠재울 길이 열리리라. 아무리 긴박한 일이라도 당황하지 말고 하나하나 순서를 밟는다면 좋은 일이 생길 것이다.

인간이 세상을 살아가는 데 생기는 모든 문제는 마음에서 시작되므로 마음을 진정시키는 데 힘을 기울이면 불안과 초조함을 잠재우고 새 삶의 길이 열릴 것이다.

---

* 세상을 살아가는 것이 간단명료한 것처럼 보이지만 사실 그렇지 않다. 철저한 계획 하에 열심히 노력해야만 밝은 미래가 열릴 것이다.

인생의 길

세상을 맞이하는 자 많고 세상을 떠나가는 자 많다. 세상을 산다는 자체가 고난보다 기쁨이 더 많기 때문에 살아갈 수 있는 것 아닌가.

죽을 때까지 고통이 기쁨보다 많다면 이 세상에 살아갈 자 없으리라. 비록 삶에 고통이 수반되더라도 삶의 가치가 더 크므로 죽는다는 마음보다 삶을 기대하는 마음을 가져야 한다.

그렇다면 우리는 어떻게 세상을 살아가는 것이 좋을까. 권력자는 비정이 없어야 하고 가진 자는 가난한 자를 돕고 정답게 사는 것이 가장 큰 의미가 있지 않을까.

삶의 가치관을 한 번 더 심사숙고해서 한 번밖에 없는 우리 인생을 좀 더 선행하는 마음을 갖고 산다면 진정 보람찬 삶이 될 것이다.

*인생의 삶에 대한 진리

부모에 대한 마음

세상 문명이 발전해 살아가기 편안해졌지만 인심은 더 각박해진 현실, 무슨 영문인지 알 길이 없다. 물질문명 사회의 가치관이 태산같이 높아져 하루하루 삶이 힘들어지고 세상 흐름이 원망스럽다.

씨앗에서 싹터 자란 나뭇가지에 꽃이 피고 열매 맺어 다시 땅으로 돌아가 새싹이 움터 나무가 되는 것이 자연의 원리인데, 이것을 제대로 읽지 못한다면 사람으로서 제 구실을 다할 수 없다.

이 세상에 씨앗 없이 자란 나무 없고 부모 없는 자식도 없다. 살아생전 부모를 잘 공경한다면 하늘에서 복을 내릴 것이다. 이것은 자연의 원리이며 인간의 도리이다.

* 살아생전 부모 공경을 제대로 하지 않으면 큰 후회를 하게 된다.

민족의 운명

사상 유래 없이 급속히 돌아가는 국제 정세. 우리 민족의 운명 역시 걷잡을 수 없다. 언제나 열강들의 이해 등살에 허리 한번 제대로 펴 보지 못한 우리 민족의 처지.

조국이 분단된 지 68년. 총 소리만 멈춰 있을 뿐 대립적 양상은 지구상 어디서도 찾아볼 수 없는 극한 대립인데, 누구를 원망하랴.

자신들이 제대로 챙기지 못한 문제를 남 탓할 수 없다. 지금이라도 지도자가 제대로 정신을 차린다면 조국의 운명을 구할 수 있겠지만 우왕좌왕 이중적인 태도를 보인다면 남은 기회마저 놓치고 말 것이다.

열강들에게 믿음을 줄 수 있는 정책이 필요한데 능력도 대안도 없는 막무가내 주장들은 조국을 위기로 내몰 것이다. 무슨 일이 있어도 원하는 요구를 충족시키려면 스스로에게 힘이 있거나 도움이 필요하다.

*급속하게 돌아가는 국제 정세가 어떻게 바뀔지 마음을 놓을 수 없는 안타까운 심정.

권력

동물들은 권력을 가진 지배자가 되기를 원한다. 인간 세상 역시 그 부분에 관심이 크다. 동물이나 인간이나 권력에 상당한 매력을 느낀다. 그러나 권력자가 되려면 지도자의 수양이 필수다.

다스림이란 언제나 선의적이고 신선해야 한다. 무력에 의한 지배는 정상적인 권력이 될 수 없고 언젠가 무력의 다툼으로 지배자가 교체될 것이다.

우리 인간은 다른 동물들과 달리 이런 무모함을 면하기 위해 평화적으로 소신과 능력을 갖춘 자를 선발해 지도자의 권력으로 인해 상처받지 않는 방법을 택하고 있다.

지도자가 된 이상 개인적인 사심을 버리고 공적인 일에 최선을 다해야 한다. 그럼에도 세상에 수많은 권력자들의 사심 때문에 말로가 처절해지는 경우가 많다.

＊지배하는 권력은 언제나 깨끗해야 한다.

무화과

작년에 길거리에서 무화과 열매가 달린 나무 두 그루를 사 왔다. 한 그루는 폐사하고, 남은 한 그루는 열매가 열려 이틀 간격으로 시원한 물을 주었다. 먼저 달린 열매가 갑자기 크게 부풀어 익기 시작하더니 뒤따라 다음 열매들이 익기 시작했다. 맛이 있을까 의심했지만 먹어보니 꽤 괜찮았다.

우리가 사는 인생도 조용하고 평온해 보이지만 사실은 너 나 할 것 없이 바쁜 나날을 보내며 산다. 매스컴에선 좋은 일보다 좋지 않은 일들이 훨씬 많이 들린다. 왜 이리 된 것인지 생각해 보면 가슴이 철렁 내려앉는다.

오늘도 무화과 열매가 맛있게 말없이 익어 가는 과정을 더 깊이 생각해 보지 않을 수 없다.

*식물들도 자연의 과정을 정직하게 답습하며 자라는데 우리 인간은 어째서 조용하지 못하고 분란이 많은가.

선행

우리는 이 세상에 이성을 가진 인간으로 태어났다. 공동 사회는 언제나 개인들의 가치관과 삶에 대해 고민을 한다. 하지만 어디까지나 사회인이 스스로 이성적인 생각을 가지고 선행하면서 살아야 사회가 잘 유지된다.

공동 사회 자체가 사회인 개개인이 참여하여 구성한 전체이므로 어느 특정인의 것이 아닌 모두의 것이다. 그런 의미에서 우리는 좀 더 이성적이고 선행을 하면서 살아야 보람을 느낄 수 있고 제대로 된 가치관을 창조하며 올바른 삶을 살아갈 수 있는 것이다.

아무리 물질 만능 시대라고 하지만 돈과 재물이 많다고 해도 선행을 제대로 못 해본 삶은 무의미하다고 본다.

*인간의 삶은 돈과 재물을 많이 갖는 것보다 선행을 하는 것이 더 가치 있다.

시장 사람들

가장 바쁘게 사는 시장 사람들. 생활필수품들이 쉴 새 없이 공급되는 시장 유통 과정. 농촌에서 재배되는 배추, 무, 시금치, 양파, 당근, 미나리…. 헤아릴 수 없는 물건들이 좌판에 가득 차 넘쳐난다.

싱싱한 물건을 고르느라 야단법석인 모습들. 수입해 온 오렌지, 바나나 등 수많은 열대 과일이 진열된 모습. 신발과 옷, 각종 과자가 가게에 즐비하고 갈치, 고등어, 명태, 조기, 낙지, 전복 등 헤아릴 수 없는 많은 상품들이 가득한 점포들.

누구나 삶의 고통을 느끼고 괴로울 때, 시장 사람들이 고달픔을 참고 활기차게 사는 모습을 본다면 인생에 큰 이로움이 될 것이다. 괴로운 사람들이 고통을 뛰어넘을 수 있는 방법은 고통을 참고 새 지평을 열어 가는 모습을 보는 것이다.

*사람들은 자신들이 하고 있는 일이 제대로 되지 않을 때 삶의 회의를 느끼며 고민을 한다. 그러나 그런 고민을 이겨 낼 수 있는 방법은 활기차게 살아가는 모습을 보는 것이다.

식목일

자연의 힘은 상당히 크지만 자연도 약점은 있다. 산에 자라는 수많은 수목들은 비와 바람, 햇빛이 적절히 공급되어야 한다. 거센 태풍으로 나무가 쓰러지고 홍수가 범람하여 많은 것들을 잃기도 한다. 인간은 이런 황폐화된 산에 나무를 심어 산을 무성하게 할 수 있다.

인간이 사는 세상에는 반드시 산, 강, 바다, 그리고 들판이 있어야 한다. 산에 나무가 없다면 본래의 모습을 가질 수 없고 강과 바다에 물고기와 해초가 없다면 제 구실을 할 수 없다.

인간은 언제나 자연이 제 면모를 잘 갖춘 환경에서 서로 조화를 이뤄 살아야 한다. 그래야 더 좋은 미래를 만들어 나갈 수 있다.

*황폐화된 자연을 인간이 원상 복구 해야만 서로 조화를 이룰 수 있다.

침묵에서 깨어나자

세상살이 어렵다 보니 마음의 슬픔과 고독 잠재울 길이 없다. 우리에게 지나친 지혜를 주서서 그런지 가슴속에 담지 말아야 할 일들을 공연히 담아 고민하게 되니 마음이 괴롭지 않을 수 없다.

삶의 큰 부담이 아닌 일들은 그냥 흐르는 세월에 띄워 보내 버렸으면 한다. 모든 일을 다 꼼꼼히 챙기다 보면 정말로 챙겨야 할 일들이 뒤로 밀린다.

유수같이 흐르는 삶 속에 우리의 낡은 생각들을 실어 보내고 새로운 생각들을 마음속 공간에 채워 선하고 건전한 삶을 이뤄 나가도록 해야 한다.

너저분한 마음의 잡초들을 제거하고 새로운 씨앗을 뿌리고 건전한 생각을 가려내는 데 온 정성을 다해 보자. 비록 어제는 어두운 암흑에서 살았지만 오늘은 마음의 새로운 씨앗을 심는다면 밝은 미래를 기대해 볼 수 있을 것이다.

*우리가 사는 세상은 너무 불안하고 초조해서 묵은 관념을 제대로 비우지 못해 새 삶의 길을 여는 것이 어렵다.

안전

세상 사람들은 안전 문제에 대해 소리 높이 외치지만 부주의로 인해 억울하게 희생당하는 자가 많으니 무엇으로 대처해야 좋을지 암담하기 그지없다.

우리를 가장 위협하는 것이 자연의 재해라고 생각하지만 그보다 더 크게 인간을 위협하는 것은 바로 인간이 만든 것들이다. 세계 도처에 매일 차 사고로 인해 숨지는 자가 많으니 무엇으로 대처해야 좋을지 난감하다.

또 세계 여러 곳에서 발생하는 분쟁과 무장 도발로 수많은 사람들이 죄 없이 희생당하는 것도 간과할 수 없다. 지혜롭게 살아야 할 이곳에서 불미스러운 일들이 끊이질 않으니 안타깝기 그지없다.

인위적인 부주의로 발생하는 불행이 많으므로 이를 개인적인 문제로 볼 것이 아니라 인류가 함께 대처할 수 있어야 하는데 이를 중요하게 여기지 않는 데 문제가 있는 것이다. 하루속히 공동 사회에서 일어나고 있는 일들을 모두가 관심을 갖고 해결하려고 한다면 상당 부분 해소할 수 있으리라 본다.

*인간의 세상에서 안전 문제가 제일 중요하다는 점을 강조.

청년 시절

고귀한 황금 시절. 가지 말라고 아무리 외쳐 애원해 보아도 소용없다. 인생에서 가장 값진 시절 좀 더 보람 있게 살았으면. 하고 싶은 일도 많고 욕망도 강한 시절을 얼마나 잘 참고 인간의 도리를 다하느냐에 따라 인생의 성공 여부가 결정된다.

수많은 사람들이 젊은 시절 인생의 길을 개척해 나갈 때 전력을 다하지 못해 고통을 겪는다. 청년 시절을 요긴하게 사용한 사람들은 실망과 좌절 없이 순풍의 돛단배처럼 거친 물결을 잘 헤쳐 나갈 수 있다.

우리의 인생은 다 비슷한 조건으로 태어나 세상을 살지만 청년 시절의 시간을 잘 활용하느냐에 따라 삶의 질이 달라질 수 있다. 청년 시절이 일생을 통해 가장 값진 시절이므로 하루라도 헛된 것에 낭비하지 않아야 먼 훗날 후회 없는 인생을 살 것이다.

*후회 없는 인생살이는 인생에 가장 중요한 청년 시절을 어떻게 잘 활용하느냐에 달렸다.

이로움

사람들은 자신의 이익을 위해 사력을 다한다. 보잘것없는 이익이라도 노력 없이는 챙길 수 없는 세상이다. 원하는 바를 위해 열심히 노력해 얻은 것이라면 누구에게도 시비의 대상이 될 수 없다. 그럼에도 인간 세상에는 서로 하면 안 될 시기와 모함이 전혀 없는 것도 아니다.

우리는 이런 난제에 부딪혔을 때 어떻게 처세해야 하는가. 감정적으로 대처해야 할까, 아니면 선의로 대처해야 할까. 가능하다면 감정보다 선의의 대처가 좋겠지만 끝까지 상대가 악의적일 때는 사력을 다해 정의로운 심판으로 대처할 수밖에 없다.

악의적인 문제는 언제나 허점이 많으므로 그 허점을 하나라도 제대로 지적한다면 아무리 재주가 있는 자라도 결국 항복하고 말 것이다.

*인간 세상은 아무리 선하게 처세를 하려고 해도 시기와 모략이 있을 수 있으므로 이를 극복하는 자가 성인군자가 될 수 있다.

병원

한번 세상에 태어나면 사람이나 동물이나 할 것 없이 늙어 병들어 죽기 마련이다. 그러나 애석하게도 죽을 나이가 아닌데 모진 병에 걸려 죽는 자가 많으니 참으로 비통하고 애석하기 짝이 없다.

운명의 마지막 날을 누가 알랴. 미리 검진을 받아 병을 발견하면 즉시 병원으로 찾아가 전문의에게 진찰을 받아 수술을 받거나 약을 복용하고 좀 더 세상의 삶을 연장하는 것이 우리가 할 수 있는 전부이다.

오늘도 동네 병원에 가 보니 환자가 그리 많지 않다. 그러나 종합병원에는 환자가 넘쳐나 입원할 자리도 없다고 한다. 귀중한 생명 좀 더 산다는 것은 상당한 의미가 있지만 그보다 살아생전 사회에 선행하는 데 마음의 뜻을 펼쳐 보는 것도 좋을 것이다.

* 오래 사는 것보다 좀 더 사회에 선행을 하면서 살아가는 것이 참 의미가 있지 않을까.

206

사랑

우리가 인간으로서 세상에 태어나 어느 정도 성숙하게 되면 남자와 여자가 짝을 찾아 사랑을 하게 된다. 남남으로 살아온 사람들이 각자 마음속으로 고민하면서 자신의 짝을 찾아 헤맨다. 그 어떤 선택보다 가장 신중을 기해야 할 문제가 바로 자신의 짝을 찾는 일이다.

누구도 완벽하게 마음에 드는 사람을 만나기는 쉽지 않다. 하지만 서로 만나 우정을 쌓으면 마음의 끌림이 있게 된다. 상대방을 잘 만나면 백 년 풍요로움을 맛볼 수 있을 것이요, 잘못 만나게 된다면 백년 흉년이다.

이미 언약한 상대방이 조금 미숙하다고 해서 냉대해서는 안 된다. 서로 모자란 부분을 채워 주는 것도 인생의 즐거움이 아닌가. 아무리 세상을 사는 데에 혼자 재주가 능수능란하더라도 두 사람이 짝이 되어 사는 것만큼 더 좋을 수는 없으리라.

*아무리 잘난 사람이라도 혼자인 사람은 짝지어 사는 사람보다 못하다. 조금 미숙한 점이 있더라도 서로 미숙한 점을 채워 살아가면 진실한 사랑이 될 수 있다.

시운

바람이 불면 태극기는 자기 기량을 다해 휘날린다. 조국을 사랑한다고 그렇게 외쳐 대던 사람들이 국가의 중요한 의사 결정이 얼마 남지 않은 이때에 모두 단결해도 부족한 지금 서로를 물어뜯고만 있다.

사랑하는 조국의 운명이여. 좋은 기회일지 나쁜 기회일지 누구도 장담할 수 없다. 좋은 길로 간다면 그 어느 누가 탓하랴. 조국의 운명이 불리해지면 무엇으로 어떻게 대처해야 할지 그 막막함이 심각하다.

국정의 주축은 민주주의 기본틀에서 진행되어야 별 탈이 없을 텐데, 바탕을 무시하고 아무 대안도 없이 새로운 것을 내세워 강행한다면 결국 기본틀마저 무너지게 될 것이다. 아무리 새로운 지도자가 등장했다고 하더라도 국운의 원줄기를 함부로 해쳐서는 안 된다.

*국가의 중대한 바탕을 함부로 무시하거나 없애 버려서는 안 된다. 언제나 기본 바탕에서 발전시켜 나가야 한다.

208

응원

경기 시합에는 팀마다 응원하는 사람들이 있기 마련이다. 시합에 이기려는 소망은 선수들에게만 있는 것이 아니라 응원하는 사람들의 마음에도 있다. 우리는 이런 일들을 어떻게 이해할 수 있을까.

공동 조직 사회에서 각자 나름대로 자신의 편이 이겨야 한다는 마음과 이길 경우 흐뭇한 마음으로 삶이 즐거워진다.

반면 시합에서 진 팀과 진 팀을 응원한 사람들은 침울해지고 분위기가 위축된다. 그렇다고 매번 이기는 것도 지는 것도 아니다.

시합에 이기는 것이 즐겁고 지면 아쉽겠지만 진 팀에게는 재도전이란 기회가 있으므로 다시 기량을 재정비해서 다음 시합에 이긴다는 각오로 훈련에 임한다면 그렇게 비관할 필요는 없다고 본다.

우리가 사는 공동 사회 역시 경기 시합처럼 다른 사람들보다 더 나은 삶을 살기 위해 전력을 다하는 것이 현실이다. 실패했다는 생각이 든다고 해도 다시 도전할 수 있는 것이다.

*운동 경기 시합이나 공동 사회 생존 경쟁이나 모두 치열하긴 마찬가지이다.

시대 변천

구시대가 가고 새로운 시대가 온다. 눈 깜짝할 사이 우리는 구시대와 신시대 사이에 선다. 묵은 시대의 문명은 뒤로, 새로운 문명은 앞으로. 하지만 아무리 신시대의 문명이 좋다고 해도 구시대의 문명을 함부로 해서는 안 된다.

우리는 이 시대를 살다가 뒤따르는 세대에게 이양해야 할 일들이 많다. 모든 것들이 인위적으로 보여도 보이지 않게 이뤄지는 것들도 많다.

많은 사람들은 한 시대를 살면서 땀 흘려 이뤄 놓은 업적을 다음 세대에게 넘겨주고 간다. 고난을 다 겪으며 이룬 업적들을 넘겨주며 때로는 애석하기도 하지만 가는 세월을 막을 수 없다. 쇠하는 세포도 재생할 길 없으므로 미련을 가질 것도 망설일 필요도 없는 것이다.

흘러가는 세월이여, 우리의 마음을 깨끗이 정리해다오. 모든 업적 다 이어받는 후세들아, 그 업적들을 인류의 평화가 이뤄지는 데 사용하여 존경받길 기대한다.

*인간은 한 시대에 살면서 이룬 업적을 다음 세대에 물려준다.

210

은행

많은 사람들이 오늘도 은행 문을 열고 닫는다. 노력해서 모은 자금을 예탁하고 필요한 만큼 찾아 가는 사람들. 은행 문은 항상 바쁘게 열리고 닫힌다.

자본주의 시장 경제 사회에서 화폐는 삶의 질을 향상시키는 근원이 아닌가 한다. 그 어느 누구도 돈이 은행에 예치되어 있지 않다면 세상을 사는 데 절망을 떨쳐 버릴 길이 없다.

사회에서 아무리 천대받는 사람도 은행에 많은 돈이 예치되어 있다면 기가 죽지 않는다. 때문에 사람들은 돈을 벌기 위해 전력을 다 바치는 인생을 사는 것이 아닌가.

하지만 노력한 만큼 대가를 기대해야지 그 이상 기대하는 것은 오히려 마음에 상처를 갖게 할 뿐이다. 돈이 많다고 모두 원만한 인생을 사는 것이 아니다. 가진 것이 적어도 허세를 부리지 않고 바른 인생을 사는 자가 오히려 행복을 기대할 수 있을 것이다.

*세상을 살아가는 데 돈은 중요하지만 그렇다고 돈의 노예가 되어서는 안 된다.

회담

70년간 잃어버린 봄이 한반도에 다시 올 것인가. 며칠 남지 않은 판문점 남북 정상 회담. 그 실체가 하나 둘 감지되어 흘러나온다. 핵의 무거운 짐을 북의 수뇌부가 짊어지고 회담에 임하느냐, 아니면 핵의 껍데기만 가져오느냐, 우리 국민과 국제 사회는 큰 문제에 직면해 있다.

국제 사회는 북의 핵을 해결하기 위해 회담과 동시에 큰 보상을 준비한 바 있지만 북은 이를 챙긴 뒤 이런저런 구실로 국제 협약을 파기하곤 했다.

그와 같은 기만술에 말려들지 않기 위해 '북한의 진정한 핵 폐기냐, 혹독한 전쟁이냐' 라는 두 갈림길에 서 있다. 우리 민족의 가슴에 꽃은 과연 필 것인가, 아니면 비운의 서리가 내릴 것인가.

*북의 핵을 해결하기 위한 남북 정상 회담 뒤에 북미 회담이 연달아 열리는데 과연 잘 해결될 수 있을지 걱정이 앞선다.

제 4 부

〈斷想〉

인생길

연구

아프리카 오지에서 자연 생태를 연구하는 학자들은 오늘도 맡은 소임을 다하느라 정신없이 현장으로 바쁘게 달려간다.

자연 속에 사는 동물들을 연구하고 관찰하는 것도 좋지만 인간이 사는 세상이 어떻게 해야 행복할 수 있을지 긴밀히 연구하는 학자들이 많았으면 좋겠다.

인간은 본래 공동 사회를 구성해 사는 것이 행복할 수 있다고 단정했지만 오늘날 사회의 비정이 많아져 불행하게 사는 사람의 모습이 안타깝기 그지없다.

인간은 다른 동물로부터 위협적인 공포를 느끼지 않는다. 하지만 인간이 인간을 위협한다는 것을 어디에도 하소연 할 길이 없다. 이러한 난제를 해결해 줄 연구자는 영원히 없는 것인가.

*인간은 자신들을 위한 연구보다 자연의 생태계를 위한 연구에 매진하다 보니 인간 세상의 문제를 해결하는 데 오히려 뒤처지고 있다.

태풍

　잔잔한 한반도에 태풍의 징조들이 보이기 시작한다. 제주도 저 먼 바다에서 무슨 영문인지 세찬 비바람이 몰려오고 있다. 죽기 살기로 대비하지 않으면 안 된다. 여름철마다 태풍의 피해를 막기 위해 어떻게 대처하느냐에 따라 큰 손실을 줄일 수 있다. 하지만 혼자 살겠다고 공동의 대처에 불성실한 자세로 임한다면 국가의 막대한 피해가 결국 개인에게 돌아갈 것이다.

　국난이 있을 때 협조할 수 있는 마음의 자세가 필요하다. 모두가 함께 살고 있는 이곳에 태풍이 불어오고 있는데 모른 척한다면 이처럼 불행한 상황도 세상에 없을 것이다.

---

*우리 민족에게 국난이 있을 때 함께 힘을 합쳐 대처한다면 무사히 넘길 수 있지만 협조하지 않는 사람들이 많아지면 국가의 고통은 말할 수 없을 뿐만 아니라 국민 또한 힘들어질 것이다.

한 차원 높은 삶

우리가 사는 인간 세상은 무엇이 값진 의미를 갖고 있는지 심사숙고하면서 살았으면 하는 마음 간절하다. 이 세상 다른 생명체들보다 차원 높은 세상을 살고 있는 우리 인간이 현재보다 높은 질의 삶을 살 수는 없는 건지.

물질 만능 사회보다 한 차원 높이 갈 수 있는 길은 역시 공동 사회의 선행이 아닐까. 현실 사회에서 제 아무리 물질에 대한 가치가 높아도 물질의 축적이 비정상적으로 이뤄진 것이라면 그 존재를 과시한다는 것은 법적인 시비 이전에 도덕적으로 규탄의 대상이 된다.

이런 비정상적인 문제를 자책하지 않고 비도덕적으로 사는 삶. 우리는 세상을 살다 보면 실수할 수 있다. 그러나 자신의 잘못만큼 사회를 위해 헌신한다면 참된 사회인으로 복귀할 수 있는 것이다. 사회적으로 부를 과시하는 자보다 가난한 자와 이웃을 돌보는 자가 한층 높은 삶을 산다고 보아진다.

고운 마음

우주 공간 어디에서 날아오는지 알 수 없는 오염 물질들. 쓸고 씻으면 깨끗해지는데 마음에 쌓인 티는 무엇으로 씻을 수 있을까. 정성을 들여 마음을 가다듬고 노력한다면 마음의 찌꺼기들을 치울 수 있을 것이다. 아침 동쪽 바다에 떠오르는 태양에게 가서 태워 없애면 어떨까.

아무리 좋은 여건이 조성되어 있어도 스스로 노력하지 않으면 마음의 찌꺼기를 제거할 수 없다. 사람이나 동물이나 노력해야만 먹이를 얻을 수 있고 마음에 찌꺼기를 정제해 낼 지혜를 얻을 수 있다.

하늘에 계신 아버지여, 내게 지혜를 주소서. 아무리 간청을 해도 노력하지 않는 자의 기도는 소용이 없다. 우리에게 주어진 소임을 다하고 부족한 점을 기도로 구하면 하늘에 계신 아버지가 돕기 이전에 세상의 사람들이 먼저 도와주리라.

*아무리 냉정한 인간 세상이지만 살려고 노력하는 자는 하늘이 돕기 이전에 세상의 도움을 받을 수 있을 것이다.

민족의 소생 길

얼어붙었던 한 민족의 가슴에도 새봄이 돌아와 가지마다 메말라 있던 소생의 길이 멀리 보인다. 골고루 수액이 차오르는 나무들처럼 우리 민족의 한숨을 멈추게 할 팔다리에 붉은 수액은 언제 차오를까.

생각하면 할수록 기가 막혀 단념도 해 보지만 재생의 길이 열릴 징조가 보인다. 서두르지 않고 성급히 환호하지 말고 좀 더 깊이 생각하는 자세로 임해야 한다. 긴 세월 동안 가슴을 도려낼 마음의 고통을 참아왔지만 누구를 탓해 가며 시비를 따질 때가 아니다.

오늘날 우리 운명에 직면한 현실을 어떻게 해야만 오류 없이 잘 해결할 수 있을 것인지 한 번 더 생각하며 다 같이 고민해 보자. 노력이 없다면 우리 민족의 소원은 이뤄지지 않는다. 우리 민족의 원대한 소원이 이뤄지도록 마음을 모아 보자.

*우리 민족의 비극이 다시는 재발하지 않도록 다 같이 한마음으로 힘을 합할 수 있는 기회가 왔다.

자연의 순리

비가 내린다. 만물이 생동하는 계절 봄. 겨울잠을 자다가 막 나온 동물들은 비가 내리는 걸 싫어할지도 모르지만 소생하는 만물에게는 참으로 고마운 일이다.

많은 사람들이 좋아하는 일이라면 소수들은 조금 힘들어도 참아주는 것이 도리가 아닐는지. 모두가 양보 없이 자신의 이익만 추구한다면 어떤 문제도 해결할 수 없다.

누가 뭐라고 해도 자연의 순리는 변하지 않으므로 이를 거역하는 자들은 오히려 피해를 보기 마련이다. 세상의 순리에 좀 더 민감히 대처하는 자들은 어떤 일이 발생해도 잘 살아갈 수 있다.

*인간이 자연의 순리를 거역하면 오히려 피해를 보게 된다. 자연의 순리에 순응하고 미리 대처한다면 어려움을 피할 것이다.

인사

    우리가 사는 세상은 이웃과의 인정이 메말라 있다. 이웃으로 살면서 인사도 없는 환경에 살아간다. 함께 사는 공동 사회에서 순수하게 아이들을 사랑할 줄 알고 어른들을 공경할 줄 알아야 인격자라고 할 수 있다.

    사람은 이성적이고 지혜로운 동물로서 그 어떤 상황에서 살더라도 베푸는 마음가짐을 가져야 한다. 베풀 줄 모르는 사람은 그 어떤 지위에 있더라도 진정한 인격자로 취급받지 못한다.

    천진난만한 어린아이가 연세 많은 어르신들께 공손히 인사드리는 모습은 훌륭하다. 이런 모습으로 미래에 선행자가 되어 주기를 바라는 마음 간절하다.

*우리가 사는 공동 사회에서 서로 인사하고 보살피는 것이 절실하다. 어려움에 처한 사람들을 돕고, 자라나는 어린아이를 보호하고, 나이 많은 어른들을 공경하는 마음가짐과 실천하는 자세가 필요하다.

숲과 그리움

세파에 시달리던 사람들은 세상만사가 귀찮아 깊은 산에 찾아가 조용히 살고 싶어한다. 비와 바람을 피할 조그마한 움막집 하나 지어 흐르는 겨울 물소리와 벗 삼아 한세상 살아가고 싶은 마음이 간절하다.

아무런 욕망 없이 지내다 보면 고독의 괴로움도 잊히어 현실에 직면한 일들을 살펴보지 않을 수 없다. 과거를 생각하며 누구를 탓한들 무슨 소용이 있으랴. 깊은 밤이 되어도 잠이 오질 않아 문을 열고 밖을 내다보며 적막함을 느낀다.

빽빽하게 둘러싸인 나무들 사이로 바람이 불어 가지들을 흔들어 댄다. 가슴에 쌓인 것들이 모두 쓸려 내려간다. 높은 하늘을 쳐다보니 수많은 별들이 반짝이고 그곳에 둥근 보름달이 말없이 웃으며 지나간다. 나의 외로움을 달래 주고 위로해 주는 듯하다.

*세파에 시달리는 사람들은 현실을 도피하여 조용히 살고 싶어한다. 깊은 산골에 들어가 모든 것을 잊고 남은 인생 자연과 벗 삼으며 산다면 인생을 깨끗하게 매듭지을 수 있지 않을까.

오고가는 인생

간밤에 부는 바람은 세상에 누구를 데리고 왔으며, 오늘 부는 바람은 또 누구를 데리고 갈 것인가. 새싹들은 삶의 정착지를 찾느라 바쁘고 생을 마감하는 자들은 삶의 터전을 정리하느라 애쓴다. 말없이 세상에 오고가는 것이 자연의 순리이다. 오는 자를 맞는 것은 기쁨이고 가는 자를 보내는 것은 슬픔이다.

한세상 살기 위해 무엇을 배워야 할까. 세상 만물 중에 인간이 위대한 점은 무엇인가. 사람 위에 사람은 없지만 선행자와 악행자는 분명히 있다. 선행자는 칭찬을 받고 악행자는 비난을 받는다.

자질이 부족해 제 뜻을 이루지 못한 자 없지 않다. 누구를 원망할 수 있을 것인가. 똑같이 주어진 여건에서 세상이 불평등하다 낙심 말고 어떻게 해야만 좋은 인생의 길을 갈 수 있을지 스스로에게 물어보자.

＊사람들은 세상이 공평하지 않다고 야단이다. 그러나 누구에게나 생각하고 노력하는 기회는 공평하게 주어져 있다. 단지 각자 원하는 바가 다를 뿐.

도시 생활

아침에 해가 뜨면 잠자던 사람들이 일어나 일터로 나갈 준비를 한다. 밤새 고요했던 거리가 북적거린다. 자동차 물결 속에서 정거장마다 출근을 하느라 장사진을 치고 있다. 각자 하는 일 하루도 거를 수 없다는 책임감으로 맡은 일을 수행한다.

도시에서는 육체적 노동보다 정신적 노동이 많다. 고층 빌딩마다 하루 일과가 분주하게 진행된다. 전등이 잠시도 쉴 틈 없이 밝게 켜진다. 정신없었던 하루, 힘든 일과가 끝나면 퇴근을 서두르며 아늑한 보금자리가 있는 가정으로 돌아간다.

*복잡한 도시에서 생활하는 사람들의 하루하루.

정

사람이 사는 곳에는 우정이 있다. 마음의 허전함을 메워 줄 수 있는 만남. 저울의 눈금이 아무리 정직하다고 해도 우리가 사는 이해만큼 더 가치가 있을까.

아무리 인정이 사라진 세상이라지만 우리는 어렵고 가난한 처지에 있는 사람들을 불쌍히 여기고 돕는 마음을 버려서는 안 된다. 우리의 마음에는 냉정함만 있는 것이 아니라 분명 온정이 있다.

누구든 완벽할 수 없으니 서로 살다 보면 자신도 모르는 사이에 실수를 저지를 수 있다. 이런 문제가 생기면 진지하게 사과하고 이해하며 살아가야 한다. 바람 많은 곳에 살게 되면 수많은 잡음들이 있게 되니 주의하고 또 주의해야 한다. 하지만 그것이 모두 마음대로 되는 것이겠는가. 서로 다독이며 정으로 살아야 하는 것이다.

*사람은 누구나 완벽할 수 없다. 실수를 저지르는 자에게 온정을 베풀 줄 알고 잘못을 이해하면서 사는 것이 우리의 인생살이다.

만나고 싶은 사람

　우리가 사는 생활 주변에 수많은 사람들이 오고가는데 그중에 만나고 싶은 사람은 그리 많지 않다. 각자 바쁜 삶을 살다 보니 이해관계에 직접적인 관련이 없다면 이상적인 만남은 그리 쉽지가 않다.

　만나고 싶은 사람이 없고, 그만큼 여유도 없는 삶은 어느 면에서는 참 슬프다. 인간이 세상을 살아갈 때 어떻게 해야만 품위 있게 살 수 있을까. 재물을 많이 가졌거나 이상적인 철학을 가졌다고 하더라도 살아가는 의미를 제대로 깨닫지 못한다면 삶에 대한 의문을 해결할 수 없다.

　사회적으로 인정받기 위해 재물을 모으는 사람들이나 정치 세력에 들어가 지도력을 과시하고 싶은 사람들보다 공동 사회에서 선행하면서 많은 사람의 존경을 받는 사람이 더 좋은 세상 사회를 만들어가기 위해 꼭 필요하다.

*수많은 세상 사람들 중 만나고 싶은 사람은 그리 많지 않다. 각자 자신의 삶에 매진하다 보니 진정한 인생을 논할 자를 쉽게 만날 수 없는 것이 현실이다. 좋은 만남을 갖고 선행하면서 살아야 세상 사회에 훈풍이 불어올 것이다.

소중한 가치

인간으로 세상에 태어나 무엇을 하며 살아야 좋을까. 먹을 양식을 쌓아 두는 데 관심을 가질 것이 아니라 어려움에 처한 사람들을 돕기 위해 노력한다면 재물을 많이 가졌거나 권세를 가진 자보다 선한 인생을 사는 것이니 칭찬하지 않을 수 없다. 인생의 참뜻을 알지도 못하고 세상을 사는 사람들은 오늘 어떤 값진 옷을 입었다고 해도 가치 있는 삶이 아니다.

가진 자는 더 갖기 위해 어려운 사람들을 도울 여유가 없는 것이 현실이다. 권세를 얻은 자들도 더 오래도록 권세를 유지하기 위해 주변을 돌보지 못하는 것이 안타깝다.

위대하고 존경받을 만한 삶을 살았던 슈바이처 박사나 테레사 수녀는 호의호식하기보다 가난하고 어려운 사람들을 위해 자신의 삶을 바쳤다. 그들의 삶을 본받을 수 있었으면 좋겠다.

*이 세상에서 무엇을 하며 살아야 값진 인생을 살 수 있을 것인가. 재물에 큰 의미로 두고 권세를 잡기 위해 사는 삶이 아니라, 주변을 돌아보며 베푸는 삶이 가치 있는 것이다.

인생길

가는 길 험하다고 가지 않을 수 없는데 좋은 것은 어딜 가고 거북한 것만 가득 쌓였다. 누가 인생길 순조롭다고 가르쳐 주었는지 몰라도 오늘 걷는 인생길도 쉬운 발걸음은 아니다.

행복한 길을 쉽게 찾을 거라 생각할지 몰라도 눈물 어린 노력과 결심 없이는 어딜 가더라도 헤맬 것이다. 이 세상에서 이루지 못한 행복은 어디서도 이루지 못한다. 그런 깨달음으로 열심히 노력하는 자는 원하는 행복을 반드시 이루게 될 것이다.

시간은 언제나 노력하는 자에게 유리한 길을 연다. 노력하지 않는 자는 아무 것도 얻을 수 없고, 죽을 때까지 가슴만 치고 살아갈 것이다.

*자신이 원하는 바가 있다면 노력을 통해 얻을 수 있어야 한다. 노력 없이는 아무것도 얻지 못한다.

사연

가고 싶고 보고 싶은 마음 간절하지만 가 보지 못하는 현실이 구슬프고 처량하다. 사람들은 나름대로 남모르는 사정들을 품고 살기 마련이다.

주어진 책임을 성실히 이행하다 보면 스스로를 제약하지 않을 수 없는 인생. 세상을 자기 주관으로 살아야지 다른 사람을 바라보고 살아갈 수는 없는 노릇이다.

세상살이 어려움에 직면할 때 함부로 다른 사람에게 도움을 청하는 것도 어려운 문제다. 열심히 노력해 제대로 세상을 사는 사람도 사람들에게 비웃음거리가 되지 않지만 무책임하게 사는 사람은 다른 사람의 조롱거리가 된다.

*자신의 인생은 스스로 책임져야지 다른 사람이 책임져 줄 수 없다.

정치

공동 사회에 사는 사람들은 누구나 지배를 받는 것보다 지배를 하려는 심산이 크다. 그러나 지배의 문제는 공동 사회 구조상 정치적 문제로 대표적 성격을 갖고 있다.

공동 사회의 정치적 지도자는 인격과 자질이 잘 갖춰져 있어야 한다. 만일 자질이나 품위를 제대로 갖추지 못한다면 그 어느 누구보다 모범적인 자세로 처신해야 함에도 공적인 이익보다 사적인 이익을 앞세울 수 있고 지나치게 권력을 남용할 수 있다.

오늘날 정치 지도자들이 많은 사회인들로부터 비난을 받는 것은 공과 사를 잘 구분하지 못하고 바르지 못하게 처신하는 데 그 원인이 있다. 정치 지도자가 되려면 국가와 사회를 위해 사명을 다할 각오가 있어야 한다. 그런 각오가 없다면 국가도 자신도 어렵게 만드는 것이다.

*정치 지도자는 누구보다 가장 모범적이어야 한다. 그런 각오가 없다면 지도자가 되려고 해서는 안 된다.

업적

　시대의 흐름에 따라 각자 하고 있는 일들이 후세에 좋은 귀감이 되었으면 하는 생각에 다양한 분야가 펼쳐지고 있다. 그 다양한 분야에서 정치적 지도자들은 상당한 관심사이다. 그런데 정치 지도자들의 과다한 의욕에서 문제가 발생한다. 후대가 순순히 인정할 수 있는 업적이어야지 지나치게 무리수를 두어 이뤄진 업적은 오히려 부담을 준다.

　업적이란 좋은 취지를 지나치게 과장하거나 비정상적으로 이뤄지게 해서는 안 된다. 정상적이지 않은 업적은 아무리 좋은 취지에서 이뤄진 것이라도 후대에게 좋은 평가를 받지 못할 것이다. 이런 이치를 바로 이해하고 업적을 세워야 자손들이 노고에 감사할 수 있다.

　좋은 업적은 후세에 빛날 수 있지만 그렇지 못하다면 부담만 줄 수 있으므로 삼가야 한다.

---

*인간은 세상을 사는 동안 자기 업적을 후대에 남기려고 한다. 하지만 인위적인 과장은 삼가야 한다.

협상

  상호 간의 자존심을 상하지 않게 하고 인격을 존중하는 데서부터 풀지 못한 숙제를 풀어 보자.

  협상이란 무력이나 기만적인 사선을 넘어 평화적으로 해결하는 데 그 참뜻이 담겨 있다. 아무리 좋은 장소와 적절한 여건이 주어져도 상호 간 얼마만큼 양보하고 이해를 하느냐에 따라 협상의 승패가 좌우될 수 있다.

  서로가 주장만 하고 양보하지 않는다면 협상의 성과는 기대할 수 없다. 협상 과정에서 무력 충돌로 잃는 것보다 타협을 하는 것이 더 많은 이익을 얻을 수 있다는 점을 인식해야 한다.

*인간 세상에는 난제가 많은데 서로 이해득실 때문에 극한 대립에 있어 여러 가지 문제를 해결하기 위한 협상이 있다.

반성

세상을 살면서 잘못을 저지르고 반성을 못하는 자들아. 더 살고 싶다고 애원하는 처절한 모습들. 무엇으로 대답해 주어야 좋을지. 자신의 양심을 바라보자.

사람인지 짐승인지 분별도 하지 못하겠네. 이 세상에서 지은 죄 값으로 받아야 할 벌. 양심이 있고 맥박이 뛰는 자라면 자신의 잘못을 세상에 자백해야 한다. 다시는 죄를 짓지 않겠다고 빌고 또 빈다면 너그러운 세상 민심에게 용서받을 기회를 얻으리라.

참 사람이 되어 좋은 선생을 만난다면 죄를 지어 암울했던 시절의 상처가 덮이고 새 사람으로 다시 태어날 수 있다. 다시는 같은 죄를 반복하지 않고 많은 사람들과 어울려 지내면 새 행복의 길을 열어 주는 그 고마움을 잊을 수 없을 것이다.

*인간은 누구나 잘못을 저지를 수 있다. 그러나 뉘우친다면 새 희망의 길을 걸을 수 있다. 다시는 같은 죄를 반복하지 말아야 한다.

지진

　우리 인류가 사는 지구에는 부글부글 끓는 지열이 많은가 보다. 지상에서 굳이 지열을 건들지 않는다면 아무 일 없이 잘 지내련만. 인류의 평화와 안전을 깊이 생각해 보지 않고 군사적 목적으로 무모한 지하 핵실험을 해 가며 충격을 가하니 취약한 부분이 솟아 나오는 것이 지진의 열기가 아닐까.

　소수 집단의 무모한 핵실험 때문에 많은 사람들이 죽거나 다치는 그 심각성은 이루 말할 수 없다. 안전과 평화를 기대하면서 핵실험을 철저히 막지 못하는 모습이 너무나 가슴 아프다. 인간의 핵실험으로 인해 지하와 바다의 지열을 흥분시켜 그 분노로 지진이 발생해 지상의 수많은 인명과 사물에 피해를 주니 하루속히 근절되길 바랄 뿐이다.

*인간에게 가장 중요한 문제가 있다면 인류의 안전과 평화인데, 그것을 스스로가 핵실험으로 무너뜨려 그로 인해 발생하는 것이 지진의 피해다.

몰아내자

인류 세계의 평화로운 삶에 해를 끼치는 것들. 이젠 더 이상 방치해서는 안 될 일. 더구나 자연으로부터 얻게 되는 질병, 지진, 태풍, 눈사태, 폭우…. 사전 예방에 인류가 한마음으로 노력해 보자.

가장 쉬우면서 가장 어려운 문제들은 인위적으로 조성되는 정치 사상 이념, 사이비 종교 문제, 각종 종파 간 우월성 시비 문제, 나라마다 경제적 이익 문제, 부당한 영토 확장 문제들이다. 안전과 평화에 기여하기보다 세계 지배권 대립 등 여러 가지 불미스러운 일들에 관심을 갖는 마음을 지워 나가야 한다. 이 세상 아무도 제대로 비판하는 자가 없으니 마냥 이런 문제들이 누적되어 가는 것이 안타깝기 그지없다.

우리는 인류 평화를 위해 새로운 각오로 살아가야 한다. 현실 세상의 모순을 개선할 의지가 없다면 인간이 인간을 괴롭히는 치욕적인 삶은 계속될 것이다.

---

*사회가 어려움에 직면해 있음에도 그 잘못을 지적하고 시정하려는 기미가 없으니 안타깝기 그지없다.

자제 자중

공동 사회 생활을 하다 보면 갖고 싶은 것도 많고 먹고 싶은 것도 많고 가고 싶은 곳도 많지만 스스로 능력에 준해 참을 때 참고 자제하고 자중하는 것이 사람의 도리이다.

힘이 넘쳐 난다고 해서 함부로 힘을 발산해서도 안 되고 가난한 자라고 해서 함부로 좌절하고 절망해서도 안 된다. 가진 자는 가난한 자를 돕고 가난한 자 역시 공동 사회의 안녕을 위해 협조하는 성의를 다 해야 한다.

인간의 공동 사회를 증오로 살아갈 것이 아니라 서로 좋은 유대를 갖고 좋은 방향으로 나가는 것이 최선의 길이 아닐까 한다. 인간의 공동 사회에서 하루속히 시정해야 할 문제가 있다면 바로 시정하고 대책을 세워 실행해야 한다.

* 가진 자라고 자만하지 말고 가난해서 어렵다고 좌절하지 말자. 사회 속에서 사람의 도리를 제대로 할 수 있는 길을 찾아보자.

믿음

사람들은 영생을 얻기 위해 하나님 앞에 나아간다. 그러나 진실한 믿음을 가진 자 얼마나 될까. 세상에서 자기 할 일도 제대로 하지 못하면서 믿음을 가진다고 모두 복을 받진 못할 것이다.

우리가 진실로 하나님을 안다면 내 가슴속에 있는 이성이 어떻게 행하고 있는지 알아볼 여유를 가져야 한다. 스스로 바른 길을 가지 않으면서 하나님 앞에서 무엇을 이뤄 달라고 기도할 것인가. 타인을 억울하게 하며 자신만 부유하게 해 달라고 할 것인가.

진정으로 이웃을 사랑하는 마음을 갖고, 주위를 돌아보지 못할 바에는 하나님 앞에서 기도하지 않는 게 낫다. 그래야 세상 사는 곳에 선과 악이 분명해져 악을 치료하기 한층 수월해질 것이다.

* 지나치게 허세를 가지고 진실과 먼 가면을 쓴 자가 많으니 오히려 하나님 앞에서 진정한 믿음을 가진 자들에게 불미스러운 일이 생긴다.

가치

자신의 이익을 위해 노력하는 자가 많으나 각자 요구하는 것만큼 이뤄지지 않는다고 야단이다. 수많은 사람들은 자신들의 사회적 가치를 높이기 위해 애쓰고 노력하는 자가 많다. 마음에 가득 찬 욕구를 채우기 위해 사력을 다해 보지만 쉽게 채워지지 않는 것이 세상을 살아가는 과정이다.

누구나 원한다고 쉽게 모든 것을 이룰 수 있다면 삶의 즐거움은 일찍 사라진다. 일생을 통해 많은 시련을 겪은 후 목표를 이뤄 내는 것을 원치 않는 것이 지금의 추세이지만, 우리는 부족한 면을 빈틈없이 채워 가도록 자신을 수양해야 한다. 그래야 자신의 인생관과 가치관을 더 높이 진척시킬 수 있을 것이다.

*모든 인간은 자기 가치관을 갖고 살아간다. 우리는 허실보다 진지한 가치관을 가져야 한다.

생명

세상을 산다는 것은 큰 의미가 있다. 무엇을 실천하며 살아야 좋을지 그 참뜻을 찾는 것이 때로는 어렵게 보이겠지만 마음의 자세만 바로 세운다며 그리 어렵지 않을 수도 있다.

많은 사람들이 정직한 마음가짐에서 이탈하여 귀중한 생명을 잃는 예가 없지 않다. 누구나 세상을 잘 살아야 한다는 마음은 대동소이하지만 어떻게 사람답게 사느냐가 중요한 일이다.

부질없이 오래 사는 것이 값진 삶이 아니라 가진 것이 적더라도 나누고 선행하며 사는 것이 어느 삶보다 값지지 않겠는가.

제 아무리 물질적으로 풍요로운 삶을 살더라도 선행하지 않으면서 사는 인생은 가난해도 베풀며 사는 인생보다 낫지 못하다.

*귀중한 삶을 어떻게 살아야만 할까. 선행하며 사는 인생이 가장 값진 인생이 될 수 있다.

238

핵폭탄

수많은 사람들을 단번에 죽음으로 몰아넣을 무서운 괴물. 독재 권력자는 이것을 갖기 위해 혈안이 되고 있다. 핵은 인류의 평화와 질서를 위해 아주 고도화된 국가가 아닌 이상 함부로 가져서는 안 된다.

국제 사회의 질서를 무참히 짓밟는 독재자들이 핵을 갖겠다는 망상조차 갖지 못하도록 국제 사회가 철저히 막아야 한다는 것은 당연하다. 만일 국제 사회가 이런 문제를 제대로 해결하지 못한다면 인류는 돌이킬 수 없는 불행의 늪으로 빠져들고 말 것이다. 지금이라도 이 세계에 이롭지 않은 문제들을 제거하는 데 총력을 다해야 한다.

우리는 평화를 사랑한다는 말만 하며 살 것이 아니라 실질적으로 인류 평화를 위해 정성을 바칠 수 있어야 한다. 독재자들의 잘못된 인식으로 수많은 사람들이 공포에 시달리며 살고 있는 현실을 국제 사회가 앞장서서 막아야 한다. 선진국의 지도자들이 사소한 자국의 이익보다 국제 사회의 평화를 위해 노력한다면 인류 역사에 길이 빛날 것이다.

---

*세상에 가장 심각한 문제는 독재자들의 핵폭탄이 아닐 수 없다. 독재자들은 인류의 평화보다 자신들의 권력 유지를 위해 유일한 방법으로 핵폭탄의 악용을 생각하고 있다.

행복

세상 살기 어렵다고 마음마저 닫아서는 안 된다. 젊은 사람들은 행복을 찾아가기 위해 오늘도 쉬지 않고 노를 젓는다. 마음의 원대한 행복과 꿈을 이루기 위해 땀 흘려 노력하는 그 정성을 누구에게도 말하거나 자랑해서는 안 된다. 말 많은 사람치고 자기 일을 제대로 이뤄 내는 자가 없다.

고난에 시달리고 있는 젊은 세대들이여, 앞날을 미리 예단하여 절망하지 말고 쉬지 않고 노력해서 세상을 살다 보면 가망이 없었던 어린 시절의 꿈이 자신도 모르는 사이 현실로 변해 기쁨과 보람을 갖게 될 것이다. 또한 무거웠던 마음마저 가볍게 느껴질 것이다.

*삶에는 어려움이 많으나 절망에 빠지지 않고 열심히 노력하다 보면 젊은 시절의 꿈을 이뤄 나갈 수 있을 것이다.

평화냐 전쟁이냐

국제 사회의 기류가 한반도를 역점에 두고 있다. 세계 전선의 무대가 여러 곳에 있었지만 한반도의 남북 간 휴전선을 두고 첨예한 대립 양상은 그 어느 전선보다 치열한 모습으로 일관해 오고 있다.

지금 북핵 해결 문제로 강대국들은 물론 세계 인류가 그 상황을 관심 있게 보고 있다. 우리 민족의 처절한 운명이 뒤바뀔 것인지, 온 세계 인류 평화가 제대로 정착될 수 있을 것인지, 그렇지 않으면 다시 악화될 것인지 운명의 순간들이 다가오고 있다.

세계 인류의 안전과 평화는 어디까지나 우리를 위협하는 핵이 제거되어야 이룰 수 있을 것인데, 이 일이 과연 순조롭게 잘 진행될 수 있을지 세계인 모두가 숨죽이고 한반도를 지켜보고 있다.

*인류 평화에 가장 위협을 주는 핵폭탄을 제거해야 하는 문제가 한반도에서 일어나고 있는 것은 우리 민족에게 가장 슬픈 일이다.

마음의 상술

사람 사는 곳마다 거래가 이뤄진다. 누가 더 이익을 챙기고 못 챙기고는 둘째 문제이다. 마음에 든다면 돈을 주고 사는 것이고 아무리 좋아도 마음에 들지 않는다면 돌아볼 생각조차 없어진다.

사람마다 생각하는 것이 다 같을 수는 없다. 어떤 사람은 취향에 맞으면 비싸더라도 구입을 하고 만다. 세상에는 다양한 물건들과 각자 필요한 것들이 있다.

장사를 하는 사람들은 본인이 가지고 있는 물건이라고 해도 무분별하게 가격을 정할 수는 없다. 모두가 보편적으로 정해 놓은 적절한 가격이 있다.

아무리 저렴하고 좋은 물건이라도 팔리지 않으면 수입을 챙길 수 없다. 장사를 하는 사람들은 친절한 서비스로 고객들의 마음을 열어야 한다. 따뜻하게 정다움을 이어 나갈 때 신뢰를 갖게 되는 것이다.

*공동체로 사는 곳에서는 각자 생활에 필요한 물건들을 사고파는 것이 중요한 일이다. 이런 거래는 신뢰가 바탕이 되어야 한다.

예단의 금물

　세상 사람들은 무슨 일이든지 제대로 해 보지도 않고 결과를 예단하는 경우가 없지 않다. 우리가 가장 주의해야 할 점이 있다면 아무리 틀림없는 일이라도 해 보지 않고 예단하면 안 된다는 것이다. 완벽하다고 믿었던 일이 제대로 결실을 맺지 못할 때 실망과 충격은 이루 말할 수 없다.

　오늘날 우리 국가의 운명이 어떻게 전개되어 나갈지 모르겠다. 6월 12일 북미 핵 문제 회담이 싱가포르에서 열린다고 한다. 이 회담은 남북 관계에 있어서도 상당한 영향을 줄 수 있다. 정부 관계자들은 한반도가 평화롭게 정착될 수 있다고 모두 들떠 있다. 우리는 이런 상황이 전개될수록 냉정히 대처해야 한다.

　핵 문제가 해결된다고 해서 남북 대치 상태가 완전히 해결된다고 믿을 수 없다. 아직도 북의 헌법은 핵보유국의 조문을 지우지 않고 있다.

*아무리 이점이 있다고 하더라도 과정이 올바른가, 아니면 가면으로 장식해서 유혹하는 것인가를 잘 구분하는 자만이 손해를 보지 않을 것이다.

인내심

젊은 세대들이여, 험한 인생 고개를 넘느라 괴롭다 불평 마라. 비바람 눈보라 견디지 않는 자 어디 있으랴. 가는 인생길이 험하다고 중단할 수 없고 어려우면 어려울수록 마음의 결심을 굳게 해야 한다.

아무리 좋은 여건에 있다고 해도 자신의 인생을 스스로 살아가야지 다른 사람이 대신 살아 줄 수 없다. 남보다 더 나은 삶을 살려고 한다면 다른 사람들보다 부지런해야 함을 신조로 삼아야 한다.

시간은 우리가 살아가는 데 중요할 뿐 아니라 인간의 수명에는 한계가 있음을 명시해 준다. 오늘도 아침이 시작되니 일터로 나가 보자.

*인생이 험난하다고 중단할 수 없고, 부모님의 보살핌이 있다고 해서 나 대신 살아 줄수 없으며, 내 삶은 나만의 인생관을 갖고 살아야 한다. 또한 시간을 중히 여겨야 한다. 젊음이 마냥 우리를 기다리고 있지 않는다는 것을 명심해야 할 것이다.

생명

이 지구상에는 수많은 생명체들이 살고 있다. 그중 인간이 가장 고귀하고 위대한 생명체 아닐까.

선진국에 사는 사람들은 삶의 필수 요건들이 잘 갖추어져 불편 없이 살아가고 있지만 미개발 지역에 사는 사람들은 태어났어도 죽지 못해 하루하루를 힘겹게 살아가니 안타깝다. 세상에 태어나 최소한 기본적인 의식주 문제는 제대로 갖춰져야 하는데 그런 것들이 해결되지 않는 삶이 너무 가엽기 그지없다.

여유를 갖고 사는 사람들이여, 조금만 절약하여 그들을 돕는다면 인간의 도리를 다한다는 점에서 얼마나 뜻깊은 일이 될까.

*인간이 살아가는 모습들이 천차만별이다. 잘사는 사람들이 못사는 사람들을 돕는 것이 이 세상을 살아가는 도리가 아닐지.

원칙

우리가 사는 인생살이에 난제가 발생했을 때 이 문제들 중 시급한 일일수록 아무리 좋은 환경이 조성되어 있다고 하더라도 문제의 해결 대상이 원칙에서 멀어진다면 좋은 결과를 얻기 어렵다.

해결해야 할 중대한 사안일수록 시간을 낭비할 수 있는 것들은 용기 있게 결단하는 것이 필요하다. 모든 중대한 사안은 짧은 시간에 완전한 해결책을 얻는 것이 중요하지 다른 부수적인 일들은 차후의 문제이다.

우리는 일상적인 생활에 있어서도 무엇이 가장 중요한 것인가 선별하고 순위를 정해 해결할 문제를 잘 파악해야 한다. 만일 바로 선별하지 못하고 순위를 제대로 선정하지 못한다면 어려운 문제들을 잘 해결할 수 없을 것이다. 좀 더 중요한 문제들은 시간을 감안해서 지혜롭게 대처했으면 좋겠다.

*살아가는 데 많은 난제들이 있을 수 있다. 그중에서 가장 중요한 문제를 해결하기 위해서는 부수적인 잡음을 제거하고 원칙에서 벗어나지 않도록 용기 있는 결단을 하는 것이 필요하다.

북미 핵 회담

2018년 6월 12일 북미 회담. 싱가포르로 향하는 비행기에 꿈을 실는다. 목적지까지 무사히 도달할 것인지, 가지도 오지도 못하는 상황이 될 것인지, 낙관도 비관도 할 수 없지만 설레는 마음을 진정시킬 방법이 없다.

세계 평화를 위해 누가 더 많이 핵무기를 갖느냐는 잘못된 인식을 마음에서 지워 주었으면. 인류의 마음을 얻는 것은 핵무기가 아니라 선한 마음이다. 인류에게 존경받는 길은 독재자의 강제적 군사력이나 핵무기가 아니라 선행하는 정치 지도력이다. 세계 평화는 독재자들의 흉악한 핵무기가 아닌 선진국들의 헌신에서 이뤄진다.

후진국들은 선진국들에게서 배우면서 원조를 받아야 하고, 선진국들은 지배적 야욕을 자제해야 한다. 또 후진국들의 평화에 역행되는 문제들을 파악하여 해결하는 데 역점을 두어야 인류평화를 기대할 수 있다. 오늘날 세계 평화는 선진국들의 지나친 세계 지배의 야욕 때문에 정착되지 못하고 있으니 불행한 일이다. 하루속히 선진국들이 단합하여 북핵 문제를 해결해 주었으면 하는 마음이 간절하다.

＊인류 평화는 선진국들이 지배력 경쟁을 자제하고 인류를 위해 헌신할 때 이뤄진다.

시간 활용

시간은 누구의 편에도 설 수 없을 뿐만 아니라 정해진 과정을 쉼 없이 지나간다. 이런 것을 감안해 본다면 우리는 시간을 잘 활용하여 난제들을 해결하면서 살아야 한다. 세상 만물이 자연의 흐름을 잘 감지해서 현명하게 살아가야 하는 것이지 시간이 만물의 삶을 따를 수는 없다.

인간은 세상 만물 중 가장 우수한 지능을 갖고 있으므로 시간을 잘 활용할 수 있다. 따라서 계획한 일들을 달성하기 위해 최선을 다해야 한다. 이 세상 그 어떤 생명도 시간의 문제를 거역할 수 없으니 적절히 대처하며 사는 것이 현명한 길이다.

*시간은 한 사람을 위해 기다려 주지 않는다. 그러므로 시간의 흐름을 잘 활용하는 사람이 이 세상에서 유익한 삶을 살아갈 수 있을 것이다.

부풀었던 꿈

세계 인류 평화에 크게 기여할 2018년 6월 12일. 싱가포르에서 북핵 문제를 해결하기 위해 열린다던 북미 회담이 취소되었다. 세상 사람들이 고대했던 기대가 허사로 돌아가고 다시 긴장 속에서 인류의 평화는 암초에 걸리고 말았다.

독재 국가의 생리는 언제나 자신들의 전력과 전술에만 관심이 있을 뿐이다. 서로 대립하여 누가 망하든 말든 자신의 길로만 치닫고 있으니 가슴이 아프지 않을 자 없다.

이런 문제가 한반도 우리에게 일어나니 난감하기 그지없다. 자국도 살리고 인류 평화에도 기여한다면 세상은 평온할 것인데, 그 길을 마다하고 지금까지 해 온 수법을 계속 답습하고 고집을 부리니 안타깝다.

세계 인류는 다소 희생을 각오하더라도 이 문제를 해결하지 않을 수 없다. 결국 북은 핵을 안고 죽을 수밖에 없는 것인가.

*인류 평화에 해를 끼치는 북을 탓하기 전에 우리 민족으로부터 이뤄진 일이므로 가슴이 아프다.

운명의 시절

사람들은 좋은 날들이 이렇게 저렇게 와 주었으면 하는 간절한 마음으로 미래를 기대하지만 원하는 것이 때를 맞춰 와 주지 않는다. 그래도 원하는 바를 놓치지 않기 위해서는 노력하지 않을 수 없다.

오늘은 이곳에 숨 막히는 바람이 불지만 내일은 무슨 바람이 불어올 것인지. 모두들 훈풍이 불어올 것을 기대한다. 하지만 우리는 우리의 운명을 전혀 알 수 없다.

세월은 말없이 가고 싶은 길을 간다. 악풍을 몰아내고 훈풍이 언제 불 것인지 기약이 없다. 세상 만물이 각자 알아서 비와 바람에 대처하며 살아가는 지혜가 필요하다.

*사람은 내일 불어올 바람에 잘 대처하며 사는 지혜를 갖고 있다. 더 좋은 삶을 살기 위해 끊임없이 노력해 고난을 대비해야 한다.

세기의 협상

　북미 핵 해결 협상 일정이 내일로 다가왔다. 온 세계와 인류에게 평화의 길이 열릴 것인지 그렇지 않으면 대결 구도로 갈 것인지 긴장되는 순간이다. 지도자들이 싱가포르에 도착했다는 소식이 전해진다. 인류가 고대하고 바라는 선물이 주어질 것인지. 가슴에 품고 온 그들의 사연을 지금도 알 길이 없다.

　12일 양 국가 지도자들이 보따리를 풀어 보아야 알겠지. 인류가 대결 없이 선한 마음으로 세상을 살기를 고대하고 바라는 마음은 모두 똑같을 것이다. 이런 심정을 이 회담이 잘 대변해 줄 수 있기를 바란다. 두 정상이 자국의 사소한 이해를 떠나 전 세계의 평화가 정착될 수 있도록 노력해 주었으면 한다.

*인류는 세상을 살며 안전과 평화를 지속적으로 기대하지만 오늘날까지 제대로 정착되지 않아 고심을 하고 있다. 북한 핵 문제 역시 평화의 걸림돌이 되고 있으니 이 문제를 풀기 위한 것이 북미 회담일 것이다.

사선을 넘어

인생을 살아가는 데 두려움이 있다면 생명의 온전함에 대한 문제일 것이다. 세상에 제아무리 부귀영화가 좋다지만 생명의 위협이 있다면 모두 부질없는 일이기 때문이다.

오늘날 좋은 문화권에 산다고 하지만, 좋은 환경도 생명에 이상이 없고 정신적으로 안정이 될 때 생각해 볼 여유가 생기는 것이다.

우리는 현실에서 많은 위협적인 사선을 넘고 넘는다. 그러나 생명의 위협이 없다면 좌우를 살피며 앞으로 나갈 수 있다. 이상한 징조가 있을 땐 더욱 정신을 집중해야 한다.

많은 사람들은 부귀영화가 상당히 멀어 보인다고 말한다. 가는 인생길이 험하다고 되돌아갈 수 없으니 고달프더라도 참고 가야만 한다.

* 세상은 누구를 위해 사는 것이 아니라 살아야 할 의무로 사는 것이다. 험난한 세상을 살다 보면 괴로움도 있고 때로는 즐거움도 있다. 이런 것 저런 것을 모두 감안해서 올바르게 선행해야만 나중에 후회 없는 인생이 될 것이다.

삶의 분위기

우리가 사는 세상 사회의 분위기는 누가 만드는가. 각자 알아서 살다 보면 세상은 말없이 굴러가겠지 하는 막연한 생각으로 살아서는 안 된다.

좋은 분위기는 하늘에서 가져다주는 것이 아니다. 각자의 인생살이를 간섭할 자 없다지만 정직한 삶이 아닐 때 보이지 않는 비난이 많아진다. 타인에게 피해를 주지 않는다면 원한을 살 일도 없다.

모두에겐 독립성이 보장되어 있다고 하지만 상호 간의 민활한 교류가 있어야 한다는 것은 누구도 부인하지 못할 것이다. 유대 관계가 없다면 심한 고통이 따르게 된다.

세상을 살 때 누가 알아주든 아니든 의식하기보다 자신의 삶이 가치 있어지기를 생각하며 살아야 한다.

*인간은 누구나 자신의 삶의 가치를 얻기 위해 수많은 우여곡절을 감수하면서 살아간다. 정직하고 부지런한 삶은 좋은 분위기를 만들어 낼 수 있지만 그렇지 않을 때는 자신의 삶에 괴로움이 따르고 사회적 분위기도 어렵게 만든다.

인심은 천심

가진 것이 적더라도 나누며 사는 마음이 필요하다. 억만장자가 소리치며 세상을 살아도 인색한 마음을 가진다면 이 세상 누구에게 인심을 얻겠나. 인생을 살면서 선행을 많이 베푼 자는 세상의 인심을 많이 얻어 떠날 때 웃고 간다.

이 세상에서 누가 많이 가졌는가는 큰 의미가 없다. 그보다 어느 누가 세상에 더 많이 선행했느냐가 인생을 평가할 수 있는 잣대다. 세상을 사는 동안 선행하며 베푸는 것이 가장 값지다.

서로 사랑하며 사는 것도 큰 의미가 있지만 그보다 어려운 사람들을 돕고 보살피며 사는 삶이 더 가치 있으리라고 본다. 세상을 살면서 인심을 얻으려면 사회를 위해 그만큼 선행할 수 있어야 한다.

*사람들은 재물을 가지는 데만 마음이 있지 가진 것들을 적절히 베풀지 않으니 세상의 인심을 얻기가 쉽지 않다. 평소에 인색하여 인심을 얻지 못하면 죽을 때 울고 가지만 선행한 자들은 죽을 때 웃으며 떠나게 된다.

책임감

    권리와 의무가 균형적으로 잘 유지되는 것은 중요하다. 만일 이런 균형이 없다면 공동 사회에서 안정적인 삶을 유지하기 힘들게 된다.

    우리는 사회의 일원으로서 참여할 권리가 있고, 참여하는 개인에게는 의무와 책임이 뒤따른다. 이것이 공동 사회 구성 요건의 핵심이다.

    인간이 사회를 발전시켜 나가기 위해서는 사회와 사회인 간의 대립 없이 균형 있는 조화를 잘 이뤄 내야 한다. 사회는 어느 특정인의 것이 아니고 전체의 것이다. 사회와 개인의 차이점을 어떻게 해야 줄이고 마찰 없이 조화를 이뤄 내느냐가 관건이다.

*인간의 공동 사회에는 엄격한 규범이 있지만 이것을 제대로 지키지 않아 사회적 유지에 많은 장애가 되고 있다. 어떻게 해야만 사회가 안정적이고 평화롭게 발전해 갈 수 있을지 고심해야 한다.

혈통

우리 민족의 단일 혈통 문화가 멀어져 가는 새 시대를 받아들이지 않을 수 없다. 경제 발전이 급속화되는 중에 남과 여의 사회적 참여에 차등이 줄어들고, 어렵고 고된 직업을 갖는 것도 사양하는 추세이다. 누구든지 쉽고 안락한 생활을 선호하는 사회. 급속도로 내달리는 변화를 외면할 수 없는 일이다.

저소득층의 젊은이나 농촌에 사는 노총각들은 결혼할 짝을 만나기 어려워지니 단일 문화의 전통이 퇴색되어 가는 것은 당연한 일인지도 모른다. 부모들은 가능한 한 우리 문화권의 며느리를 보고 싶어 하지만 지금의 현실에서 그런 고지식한 사고는 어울리지 않는다. 지금 우리가 살고 있는 문화에 잘 적응하지 못한다면 사회에서 영원히 추락하고 말 것이다.

*우리 민족의 단일 혈통문화가 퇴색되어 가고 있는 모습을 서술하고 있다. 억눌렸던 여성들이 산업사회시대의 요청에 의해 사회에 참여하다 보니 그 지위도 많이 향상되어 남녀의 차등이 줄어들었다. 경제 여건에 따라 한국의 젊은이들은 결혼할 상대를 찾기가 어려워지는 등 많은 문화적 변화를 겪고 있다.

문명 시대

시대의 발전에 따라 삶의 질이 향상되고 다급한 마음도 서서히 진정되기 시작한다. 세상에는 온갖 질 좋은 상품들도 넘쳐난다. 하지만 시대의 흐름은 언제나 가변성이 있기 때문에 좋은 시절의 여유를 낭비할 것이 아니라 비축할 수 있는 지혜를 가져야 한다. 좋은 시절일수록 씀씀이도 자제할 수 있는 수양이 절실하다.

풍년일 때도 있지만 때로는 흉년도 닥쳐온다. 어려움을 대비해 지나친 낭비를 지양하고 절약하는 습관을 가져야 고통의 시절이 와도 어려움을 견딜 수 있다.

*우리가 사는 곳은 마냥 좋은 시절만 있는 것이 아니다. 여유가 있을 때 비축할 수 있는 지혜가 필요하다.

한강수

많은 이들의 식수를 해결해 주는 한강, 수십 년 전 방치된 황무지에 우리 민족이 어려웠던 시절에서 산업사회로 발전해 나갈 즈음 한강도 현대화를 이뤄냈다. 당시 박정희 대통령이 시골마다 지붕을 개량하고, 고부랑길을 반듯하게 바로잡고, 농지와 수도 등을 개선한 덕분에 오늘날 우리나라가 이처럼 발전해 오고 있다.

사람 손길을 농기계가 대체했다. 사방 사업이 잘되어 산마다 푸르름을 잃지 않고 각종 나무들로 무성하다. 동서남북 방방곡곡에 산업공단이 활기차고 일손이 모자라 외국인 노동자들을 고용하고 있다. 이곳에서 만들어진 상품들이 세계 곳곳으로 팔려 나가고 있다.

오늘날 정치 지도자들과 단체들은 민주주의를 빙자하여 나라의 이익을 뒷전으로 하고 자신의 이익과 정당, 단체의 이익을 챙기느라 양복에 타이를 매고 말장난만 하고 있다. 그들은 과거 지도자들과 사회단체들을 비난하고 있지만 그때는 적어도 가난한 조국을 위해 정치가나 사회단체가 함께 작업복을 입으며 조국의 근대화를 위해 열심히 노력했다. 그 결과 오늘이 이뤄진 것이다.

＊조국의 근대화 업적을 무시하고 민주 정치만 외치는 자들은 오늘날 조국을 위해 도대체 무엇을 했는지 묻고 싶다.

시절

사람은 자신의 위상을 높이기 위해 정성을 다해 노력한다. 하지만 마음속을 제대로 정리하지 못하면 고민이 쌓이게 된다. 생각하고 생각하면 고민이 어디에서 시작되었는지 알 수 있으리라.

정직한 마음을 갖지 않고 의심을 하면 마음의 정리를 제대로 못하게 되는 것이다. 우리들의 마음은 어떤 면에서는 좁다. 살고 있는 현실도 마찬가지다. 하지만 세상은 무한하고 미래도 그렇다.

현재 주어진 삶의 가치는 작아도 미래를 개척하면 된다. 지금의 작은 이익을 얻기 위해 미래의 큰 이익을 놓치지 않도록 현실에만 집착할 것이 아니라 미래도 생각할 수 있었으면 좋겠다.

* 세상을 살아가는 데 단순한 마음으로 살다 보면 큰 것을 놓치게 된다. 그런 의미에서 오늘의 삶에 지나치게 집착하다 보면 먼 미래의 이익을 놓칠 우려가 있으니 넓은 시야를 가져야 할 것이다.

어업

넓고 푸른 바다는 누가 준 선물인지 알 수 없다. 우리가 살아가는데 다양한 식량이 필요한데 예전부터 조상들은 앞바다에 나가 물고기들을 잡곤 했다.

지금은 먼 바다에 나가도 잡을 고기가 그리 많지 않다. 그래서 요즘 어부들은 다양한 물고기들을 양식하여 모자라는 어자원을 적절히 공급해 준다. 어부들도 수입을 얻고 소비자들도 식량을 저렴한 가격으로 공급받으니 좋은 일이다.

아무리 외형상 화려한 옷을 입고 좋은 집에 살아도 제대로 먹어야만 몸에 활력이 생기고 생기가 솟아나는 것이다.

*우리가 세상을 살아가려면 먹고 입고 자는 것이 기본 요소이다. 그것 중에 하나라도 제대로 공급되지 않으면 생활에 어려움을 겪게 된다.

정의

사람들은 정의란 주제를 가지고 많은 고심을 한다. 우리가 공동 사회 생활을 하다 보면 여러 가지 일들이 애매모호할 때가 있는데 이런 문제를 명확히 하기 위해 정의의 기준을 찾게 된다.

정의란 어떤 특수한 차원에 있지 않고 우리 마음의 선과 악에서 출발된다고 본다. 사람들이 행하는 일 그리고 앞으로 해야 할 일들 중 무엇이 정당한 것인지 선과 악에서 찾아야 하는 것이다.

사람들이 행하는 일이 모두 정의롭다고 할 수 없다. 때로는 정당하지 못한 일들이 있을 수 있다. 이런 문제들이 시비의 대상이 되어 서로 의견 충돌이 발생하면 어떤 일이 선이고 악인지 구별해야 한다.

우리는 사회 제도상 규범에 준해 정의를 찾아보려고 한다. 그러나 규범은 나라마다 선악에 준해 설정되었다고 볼 수 없다. 시대의 흐름에 따라 적절히 정치적으로 이뤄진 규범들도 있다.

---

*공동생활 속에서 여러 가지 의문점들을 갖게 된다. 그중 하나가 정의에 대한 것이다. 정의란 어디까지나 우리 마음속에서 선과 악으로 찾아보는 것이 가장 현명한 일이 아닐까 생각된다.

인류의 평화

사람의 마음에 악의 수위가 높아지면 가슴마다 거친 파도가 일기 마련이다. 각자 감당하기 어려운 일에 처하면 안정을 기대할 수 없게 된다. 정직하고 선한 마음을 가질 때 그 선함을 배우기 위해 많은 사람들이 찾아든다. 선한 길이 이 세상에 따로 있는 것인가. 각자 태어날 때 가지고 온 것이다.

세상에 악을 줄이지 않고 평화를 기대한다는 것은 꿈일 뿐이다. 어려움에 시달리면서도 악의 편에 서지 않고 사람의 도리를 끝까지 하는 자는 평화를 사랑하는 사람이다.

인류 평화는 누가 만들어 줄까. 사람들이 각자 선행하고 서로를 미워하지 않고 사랑하며 정다운 인연을 맺고 사는 데 평화가 있다.

*인류 세계의 평화는 세상의 악을 줄이는 데 있다. 악을 줄이지 않고서는 인류의 안전과 평화를 기대할 수 없다. 그러므로 현재 이 세상에 살고 있는 사람들 각자 선한 마음으로 살아야 평화를 기대할 수 있는 것이다.

안보

수십 년간 다져온 민족의 생활 터전이 위기에 내몰리고 있다. 제 아무리 과거의 급성장으로 인해 하자가 있다고 해도 지금 당장 대안이 없으니 무조건 과거부터 다져 온 기본틀을 퇴치해 버릴 수 없다. 국가 사회에 중요한 기술 문제만 하더라도 수십 년간 뼈저린 경험을 통해야만 성공의 여부가 결정된다. 그런데 거의 성공시켜 놓은 것들을 전문 지식도 없는 자들이 국가의 중요한 운전석에 앉아 좌지우지하니 어찌 제대로 굴러갈 수 있을까.

이런 비정상적인 문제들이 남발하고 있으니 참으로 국가의 장래가 염려스럽지 않을 수 없다. 해방된 후 지금까지 적들은 안보에 총력을 집중해 기본틀 하나 건들지 않고 있는데 우리만 철통같은 안보의 기능을 허물고 있다. 그들은 적화 통일에 변심이 없는데 말이다.

*우리는 해방된 이후로 시장 경제로 인한 자유민주주의를 기초 삼아 발전해 오고 있다. 국가가 급성장하다 보니 다소 경제적 비리가 있으나 개발도상국으로 빠른 성장을 하고 있다. 그럼에도 경제의 기본틀을 없애고 무리하게 새로운 대안을 시도하는 것은 위험한 일이다.

삶의 바른 가치

오늘도 여기저기 보람된 삶을 살기 위해 수많은 사람들이 바쁜 하루를 보낸다. 물질 만능 시대에 돈 때문에 울고 웃는 사람들. 목숨을 부지하기 위해 열심히 노력하지 않으면 안 되지만 그래도 양심에서 어긋난 일을 자제하며 살아갈 수 있는 인격이 필요하다.

재물 때문에 양심을 버린다면 이것은 인간의 도리가 아니다. 아무리 우리가 세상을 사는 데 돈이 중요하다고 생각해도 정상적인 방법에서 이탈하는 일은 자제해야겠다.

물질의 가치를 뛰어넘는 고결한 가치는 없을까. 열심히 노력하여 얻은 것들을 조금이라도 나누며 사는 선행이 가장 가치 있는 일이다.

* 우리는 삶의 가치를 좀 더 깊이 생각하며 살아야 한다. 물질 때문에 양심을 제대로 지키지 못한다면 올바른 삶을 살아갈 수 없다. 부자의 인색한 삶보다 적은 수입으로라도 선행하며 나누고 사는 삶이 훨씬 더 가치 있다.

예절의 품격

우리는 서로를 신뢰할 수 있는 품격이 필요하다. 공동 사회에서는 언제나 서로 간에 진실함을 가져야 한다. 인격이 존중되는 사회를 만들려면 말과 행동을 함부로 하면 안 된다. 사람이 사람을 미워하지 않고 예절이 있는 사회가 되려면 자만하거나 위세를 부려서도 안 되고, 다른 사람에게 부담을 주는 언행은 삼가야 한다.

인격이 제대로 수양되지 못한 자들은 항상 자신이 가진 것들을 과시하려고 한다. 그런데 혼자만 잘난 것처럼 행동하며 자제하지 못한다면 많은 문제를 발생시킬 것이다. 우리는 자랑할 것들이 있어도 지나치게 거만한 태도를 보여서는 안 되며, 존중받기 위해서는 서로 노력하고 애써야 한다.

* 공동 사회의 안녕을 위해 지나친 과시나 언행은 언제나 자제할 수 있어야 한다. 사회가 위축되지 않도록 사회인들의 현명한 처세가 필요하다.

청산

　기대했던 일이 산산조각 나고 어떻게 대처해야 좋을지 갈피를 잡을 수 없는 상황이다. 제대로 알지 못한 일에 성급하게 뛰어들었던 것일까. 좋은 성과를 가져오길 고대했던 자들이 돌아와 아무 말도 없으니 답답함을 금할 길이 없다. 원망이 마음속에서 지워지지 않으니 오늘도 멍하게 하늘만 쳐다볼 뿐이다. 지나치게 믿었던 탓인지 실망이 크지만 마음을 달래 볼 수밖에 없다.

　아무것도 주고받은 것이 없으니 청산해야 할 것도 없다. 분하고 원망스러운 마음이 상대에게보다 우리 편에 더 커진다.

*지도자의 오판으로 힘든 시련을 겪고 있으니 누구를 원망하랴. 스스로 감수해야지.

한풀이

자기 잘못을 뉘우치지 않고 애매한 사람에게 까닭 없이 짓궂게 구니 할 말이 없다. 사람의 허물을 쓰고 세상을 산다고 모두가 사람대우를 받을 수 있는 것은 아니다.

온당한 사람도 남에게 미움받지 않으려고 조심하며 산다. 부족함을 스스로 자인하며 노력한다면 넘지 못할 장벽도 넘는다. 괜한 일에 큰 책임이 있는 것처럼 오해하고 지나치게 응대하는 상황이 못마땅하다. 자기 분수도 제대로 알지 못하면서 남의 일에만 관심을 갖고 간섭을 멈추지 않으니 좋은 관계가 멀어진다.

*심술을 갖고 아무 잘못도 없는 자를 비판하며 인신공격을 하니 참으로 어이가 없구나. 재미 삼아 다른 사람을 모함한다면 누구와도 좋은 관계를 맺지 못할 뿐만 아니라 기회가 와도 도움을 받지 못하니 처량한 신세가 될 것이다.

전통의 삶

우리의 문화를 잘 돌보고 가꿔 세월이 흘러도 자손들이 잊지 않고
이어 나가 주길 바란다. 이 세상에 가치 있는 문화들을 지침으로 삼
아 허실 없는 삶을 살아 준다면 더 이상 바랄 것이 없다.

하지만 우리가 사는 사회에서는 현상 유지하기도 어려운데 후손
들에게 전통의 삶을 이어 주길 강요만 할 수는 없다. 어떻게 해야 삶
의 길을 잘 열 수 있을지 방법들을 찾고 또 찾아봐야 한다. 우리가 먼
저 선행의 삶을 모범적으로 살아야 자손들이 전통 문화를 이어 갈 수
있을 것이다.

* 세상에 수많은 사람들이 살아가는데 그 어떤 삶이 가장 모범적인 삶으로 계승될 수
  있을 것인지 생각한다면 결국 선행의 삶이 아닐까 한다.

마음의 진리

사람마다 믿음으로 영생을 얻기 위해 십자가가 달린 교회로 나간다. 목사님으로부터 천국 가는 길을 안내받지만 누구나 다 갈 수 있는 것은 아니다. 하나님의 뜻을 따르기 위해서는 성서에 기록된 것들을 열심히 읽고 깨달아 천국을 이해해야 한다.

그러나 우리는 천국이 문제가 아니라 이 세상을 살면서 인간의 도리를 다하지 못하는 것이 문제이다. 세상 만물을 창조하신 하나님께서 인간을 세상에 보내실 때 이성과 지혜를 같이 주셨으므로 적어도 선과 악에 대해 분명히 분별해야 한다.

어떤 고난이 있더라도 선행하며 살아야 하나님의 뜻을 실천하는 것이다. 그런 사람이 천국 문이 열려 있는 곳으로 들어가게 된다.

---

*우리는 인간의 삶을 살면서 천국을 동경하게 된다. 사람 된 도리를 하지 않고 살면서 천국에 가고 싶어 하는 것은 지나친 욕심이다.

유혹

산업 사회로 급속히 발전해 가는 생활 주변에는 수많은 좋은 상품들이 우리 마음을 사로잡는다. 아무리 이성적으로 무장되어 있어도 마음에 충동이 되면 좋은 것들을 보고 그냥 지나칠 수 없다. 갖고 싶은 것, 먹고 싶은 것들이 즐비하게 진열되어 있어서 충족하기를 바라게 된다.

한 시절 좋았던 것들이 지나가면 새롭고 더 좋은 것들이 다시 등장하는 시대에 우리를 유혹하는 것들이 생활 주변에 끝이 없다. 제 아무리 많은 유혹들이 우리 마음을 사로잡지만 그 모든 것들은 각자 능력에 의해 가질 수 있고 못 가질 수도 있는 것이다. 우리의 도덕적 양심을 사회적 규범이 철저히 감시하고 있다.

어떻게 해야만 마음의 욕구들을 충족하며 살 수 있을까. 부지런히 일해 얻은 수입으로 마음의 갈증을 해소하면서 살아가는 것이 사람의 도리이다.

---

*사회생활을 하다 보면 좋은 상품들이 한없이 우리를 유혹하고 있다. 그렇다고 무분별하게 모든 것을 가질 수 없다. 언제나 그 대가를 치러야 하며 부당하게 얻거나 무모한 행동을 하는 것은 금물이다.

정서

어려움이 있어도 굴하지 않고 사람의 도리를 다하는 사람들, 물질 만능 시대에 조금도 흔들리지 않고 허상에 휩쓸리지 않는 정직한 자들의 마음이 고맙다.

아무리 시절을 좇아 살아야 한다지만 자신의 인생관을 제대로 정립해 나가지 못한다면 쉽지 않은 나날들이 지속될 것이다. 한 생명이 흐르는 세월을 타고 가는 길 누구도 막을 수 없다.

좋은 세상을 만나 잘살 수 있으리라는 막연한 포부를 갖기보다 현실을 직시하고 고난에 처한 자신의 운명을 잘 헤쳐 나간다면 더 나은 길을 걷게 될 것이다.

아무리 세상에 좋은 운을 갖고 태어났더라도 현실이 어렵다면 고난을 이겨 낼 방법을 찾아야 한다. 스스로 노력하지 않는데 어느 누가 도움을 주겠는가. 가진 것이 없어도 노력하면 하늘이 도울 것이다.

* 삶에는 좋은 운도 있을 수 있지만 때로는 불운도 생긴다. 행운을 제대로 관리하지 않으면 바람같이 사라질 수 있다. 반면에 어려움에 직면해도 애쓰고 노력한다면 좋은 기회를 얻을 수 있다.

맥아더 장군의 동상

국난에 처한 조국을 구해 준 정성을 못 잊어 온 국민이 뜻을 모아 세운 동상. 그 고마움을 자손만대까지 깊이 기리자는 뜻으로 세운 장군의 동상. 6·25전쟁 당시 북한의 남침으로 인해 대한민국의 운명이 소멸 위기에 처했을 때 극동 사령부 최고 책임자 맥아더 장군이 인천 상륙 작전으로 이 나라를 소생시킨 그 뜻을 못 잊어 인천 자유공원에 동상을 세웠다.

수많은 세월 동안 몰지각한 사람들에 의해 동상이 여러 차례 수모를 겪으니 가슴이 아프지 않을 수 없다. 며칠 전에도 인천의 어느 교회 목사 2명이 동상에 불을 질렀다고 한다. 이는 대한민국 국민 전체를 모독하는 행위가 아닌가. 도대체 대한민국의 국민으로서 왜 그런 행동을 하며 이 땅에 살고 있는지 안타깝다.

*수많은 세월 동안 우리는 끊임없이 외침을 받아 왔다. 때로는 조국을 빼앗겨 식민지 국가로 서러움을 겪기도 했고, 지금은 같은 민족이 분단되어 있는 현실이다. 조국을 위기에서 구해 준 맥아더 장군의 동상이 수모를 겪고 있는 것이 너무나 안타깝다.

정신력

사람이 산다는 것은 무슨 의미일까. 육체와 정신이 사회 활동을 하는 데 있어서 제대로 수련되지 않으면 좋은 결과를 얻는 데 많은 차질이 생긴다. 서로가 조화를 이뤄 내기 위해서는 끊임없는 수련으로 단련되어야 한다.

만일 정신과 육체 사이에 긴밀한 유대가 없다면 사회적으로 얻고자 하는 결과가 선명하지 못할 것이다. 공동 사회에서 제 역할을 차질 없이 하려면 정신과 육체는 언제나 일관성이 있어야 한다. 실수가 있을 때는 그 원인을 찾아 보강해야 한다.

우리는 사회 활동을 할 때 긴밀한 협조를 해야 하고 언제나 서로 간에 신뢰가 있어야 한다. 서로를 제대로 믿지 못한다는 것은 정신력이 부족하다는 것이다.

---

*공동 사회에서 성공하려면 언제나 건강한 정신력이 필요하다. 사회적으로 큰 업적을 세우려면 강한 정신력과 의지가 있어야 한다. 그러므로 육체와 정신력의 조화는 필수적이다.

운명의 길

오늘도 오고가는 수많은 인생길들이 우리 생활 속에도 바쁘게 지나간다. 누군가는 쉬운 길을, 누군가는 고난의 길을 걷는다. 중요한 것은 가는 길을 멈출 수 없다는 것이다.

쉬운 길을 간다고 자랑하지 마라. 누구에게나 쉬운 길도 힘든 길도 온다. 어려운 길 간다고 힘들어하지 마라. 고비를 넘겨야 다음 길이 온다. 우리가 사는 길은 누구도 장담할 수 없다. 어두웠던 길들이 밝게 변하기도 하고 절망에 시달리던 사람들이 미소를 짓기도 한다.

우리는 삶의 과정을 심사숙고하면서 신중히 밟아 가면 된다.

*어두운 날도 밝은 날도 오는 것처럼 인생길도 자연의 섭리를 따라가는 것이니 이에 대처할 수 있는 지혜가 필요하다.

자유

얽매인 사슬이 풀리고 입에 물린 재갈에서 해방되었다. 동포의 가슴을 짓눌렀던 억압이 사라지고 고대하고 바라던 소원이 이루어졌다.

억압으로 짓눌렸던 날들에서 해방되었지만 공공의 안녕과 질서 유지를 위해 부당한 자유는 허용될 수 없는 일이다. 스스로 자제하고 질서를 지켜야 자유로운 국가와 사회에서 살 수 있다. 자유가 크면 의무도 큰 법이다. 서로 이해하지 못하고 무모한 행동을 하는 것은 죽음의 길이다.

공동 사회인으로서 이성적인 행동을 한다면 우리 모두가 살 수 있다. 각자 책임감을 갖고 사회의 안녕을 위해 기여해야 한다. 무지한 행동은 서로를 의심하게 하고 사회를 어렵게 만든다. 스스로 건전하면 국가와 사회도 건전하게 발전한다.

공동 사회에 적극 협조해야 나의 삶도 보장받는 것이다. 국가와 사회를 탓하기 이전에 스스로 책임감을 갖고 사회에 보탬이 되도록 노력해야 할 것이다.

*우리나라가 다른 나라의 속국이 되거나 독재 권력에 억압당한다면 언제나 통제를 받고 살아야 할 것이다. 나라가 독립을 얻고 해방을 얻었으니 자유와 권리를 지키도록 책임과 의무를 다해야 한다.

지도자의 길

조직 사회에서는 권력에 매력을 느끼는 자들이 많다. 사람을 다스림에 있어서는 자기 수양이 필요하다. 스스로 자기의 소임을 다하지 못하면서 다른 사람들을 다스릴 수 없다. 지도자는 사심을 버리고 공적인 일에 사명을 다할 수 있어야 한다.

지도자는 자신이 구상한 것과 사회의 흐름이 다르더라도 고집으로 일관해서는 안 된다. 기존 틀을 살려 가는 데 역점을 두고 검토와 연구 없이 무리수를 두는 일은 자제해야 한다.

사회 지도자는 엄한 면모도 있어야 하지만 때로는 너그러운 마음과 관용이 필요하기도 하다. 사소한 일에 이해득실을 저울질할 것이 아니라 사회의 이익을 먼저 생각해야 한다.

지도자의 이념이 아무리 좋다고 하더라도 현실에 적용하는 것이 적절하지 않다면 자제하는 것이 민주주의 지도자의 자질인 것이다.

---

*공동사회의 지도자는 책임이 크므로 엄한 면도 필요하고 관용도 필요하다. 지도자는 언제나 공익에 우선해야지 사적인 이해에 관심을 가져서는 안 된다. 또 계획을 추진할 때는 사회기반의 틀을 함부로 무시해서는 안 된다.

진리

　세상의 수많은 사람들이 좋은 삶이 무엇인지 찾아 헤맨다. 어떤 삶이 값진 인생이 될 수 있을지 누군가에게 물어보고 싶어도 쉽사리 답을 얻기는 힘들다.

　무슨 별다른 묘안이 있겠는가, 주어진 운명을 잘 받아들이고 살다 보면 괴롭고 즐거운 날들이 지나가며 세월이 흐르는 것이지. 어떤 마음으로 사느냐에 따라 인생은 달라질 수 있다.

　악의와 타협해서 쉬운 인생을 산다면 사람들의 비난을 면한 길이 없다. 고달픈 인생을 살아가도 악에 물들지 않고 세상을 살아야 인간으로서 꼭 지켜야 할 도리를 다하는 것 아닐까. 세상을 적당히 산다면 책임과 도리를 등한시할 소지가 크다.

*세상을 사는 것은 대동소이하지만 누가 더 값진 삶을 사느냐 것은 매우 다를 수 있다. 물질만능 시대에 재물을 많이 쌓아 올리는 것보다 선행을 많이 하는 것이 가치 있는 삶이다. 세상을 떠날 때 비로소 삶의 결과를 알 수 있다.

감사의 글

저는 이 세상에 태어나 무엇을 어떻게 해야만 사람의 도리를 제대로 하면서 인류의 세상에 조금이나마 도움을 줄 수 있을까 하는 소망을 품고 그 길을 찾고 또 찾아가고 있습니다. 개인의 부귀영화에 매달리는 것보다 좀 더 폭 넓은 인생을 살기 위해 만인에게 도움을 줄 수 있기를 소망합니다. 오늘도 사회의 평화를 위해 노력하고 애쓰며 쉬지 않고 일하고 있습니다.

누가 알아주든지 상관하지 않고 오직 대의를 위해 헌신하겠다는 마음은 조금도 변치 않았습니다. 가는 길이 힘들고 가시덩굴이 얽혀 있어도 두렵지 않습니다. 죽음이 무섭거나 망설여지지도 않습니다. 오늘 죽어도 후회하거나 안타깝게 생각하지 않을 것입니다. 자신만을 위해 살다가 일생을 다하는 것보다 만인을 위한 삶을 살 포부가 아직도 가슴에 차 있습니다.

서문에서 말씀 드렸듯이 ≪새로운 세상을 여는 인간의 진리≫라는 책을 3권으로 집필하고 출간한 적이 있습니다. 이 책은 연구용으로 출간하여 사회 중요한 분야에 계신 분들에게 제공하였으나 시판된 적은 없습니다. 그러나 이 책을 보고 세밀히 검토한 바 내용이 좋다고 많은 분들께서 격려해 주셨습니다.

프랑스 대통령, 독일 수상에게 세계 평화를 위한 정책을 결정할 때 참고용으로 사용해 달라고 전달했습니다. 그리고 그들에게서 감사의 회신을 받았습니다. 울산고등학교 교장 선생님을 비롯해 70여 명의 선생님들도 이 책을 접하시고 좋은 평가를 해주셨습니다. 경희대학교 법대 학장님을 비롯해 40여 명의 법대 교수님들께도 감사드리며 경희대학교 법대 총동문회 회장님을 비롯해 동문 여러분께도 감사를 드립니다.

그 외에 대기업 간부로 계셨던 분들과 교회 목사님들, 경기 현대일보 주필 김구보 선생님, 나의 다정한 대학 동기인 임무성, 송하현에게도 고마움을 전합니다. 손으로 쓴 원고를 컴퓨터에 잘 옮겨준 이진, 그리고 남편의 첫 시집 출간을 위해 여러 가지 아이디어를 내준 아내 이광자 교수와 아들 홍원만, 기꺼이 출판해주신 선우미디어의 이선우 대표님께 감사인사 드립니다.

2019년 1월
저자 홍규섭